Adrian Langenscheid

TRUE CRIME USA

Wahre Verbrechen – Echte Kriminalfälle

Adrian Langenscheid

TRUE CRIME USA

Wahre Verbrechen – Echte Kriminalfälle

Über dieses Buch:

Kaltblütige Morde, eine tragische Entführung, skrupellose Wirtschaftsverbrechen, verhängnisvolle Familiendramen und ein aufsehenerregender Raub – vierzehn True Crime – Kurzgeschichten zu echten amerikanischen Kriminalfälle aus dem wahren Leben. Auch die Richter, die Staatsanwälte und die Strafverteidiger lässt es nicht kalt, wenn Angeklagte wegen besonders grausamer Taten vor Gericht stehen und die erschütternden Schicksale der Opfer und ihrer Angehörigen nach und nach ans Licht kommen. Im Idealfall sorgt das abschließende Urteil für die gerechte Bestrafung der Täter. – Im Idealfall.

Über den Autor:

Adrian Langenscheid ist Autor, Komponist und Lehrfilmproduzent. Seine Arbeit über mehrere Disziplinen hinweg widmet sich weitgehend der Erzählung menschlicher Erfahrung und dem Sinn des Lebens. Im Juni 2019 erschien Adrians leidenschaftliches True Crime Debüt. Noch im selben Monat stürmte das Buch „True Crime Deutschland“, des bis dato noch unbekannten Schriftstellers, Platz 1 der Amazoncharts in der Kategorie

Mord. Zusammen mit seiner Frau und Kindern lebt Adrian in Stuttgart, Baden Württemberg.

Impressum

Autoren: Adrian Langenscheid & Alexander Apeitos
ISBN: 9781705406342

Lektorat: Dr. Stefanie Gräf, M.A.

1. Auflage November 2019

Druckerei: Amazon Media EU S.á r.l., 5 Rue Plaetis, L-2338, Luxembourg
CoverBild: © Canva
Covergestaltung: Pixa Heros Stuttgart

INHALT

VORWORT

Hätten Sie mir vor der Veröffentlichung meines ersten Buches „True Crime Deutschland“ gesagt, dass es innerhalb von nur 3 Wochen zu einem Bestseller werden würde, ich selbst hätte ihnen wahrscheinlich am wenigsten geglaubt. Auch Monate später findet sich mein Debut, dank der zahlreichen Leser, immer noch in der True Crime Bestsellerliste. Es wurde ins Englische übersetzt und als Audiobook vertont. Als Autor stimmt mich der unerwartete Erfolg demütig. Es wäre sicher nicht möglich gewesen, ohne all die Leser/innen, die das Interesse an True Crime mit mir teilen und Rezensionen auf Amazon hinterlassen haben. Denn nur durch diese ist es uns kleineren Autoren, die keine großen Marketingbudgets und Verlag hinter sich haben, möglich öffentlich gefunden zu werden. Mit „True Crime USA“ halten Sie nun den Nachfolger des Bestsellers in den Händen. Ich widme es in Dankbarkeit allen, die mit ihrem Kauf, Feedback und Rezension am Erfolg des ersten Buches teilt hatten.

EINLEITUNG

Ich bin ein leidenschaftlicher True Crime Leser und ich liebe es Podcasts über wahre Verbrechen zu hören. Am meisten haben es mir die Nacherzählungen echter Kriminalfälle angetan. Oftmals bin ich tief betroffen zu was Menschen fähig sind. Was fasziniert uns Menschen so an True Crime? Ist es Voyeurismus oder ein urmenschliches Bedürfnis nach Sicherheit, gefährliche Situation einschätzen und ihnen vorbeugen zu können und somit nicht selbst Opfer eines grausamen Ereignisses zu werden? Mich bewegen die Fragen, wie es überhaupt so weit kommen konnte. Ob man diese Taten hätte verhindern können und wenn ja, wer zu welchen Zeitpunkt die Macht hatte das schreckliche Schicksal zu wenden? Viele dieser Fragen bleiben oftmals unbeantwortet.

Das Leben schreibt manchmal Geschichten, welche Protagonisten und Zuschauer fassungslos und schockiert zurücklassen. Es sind jedoch keine Geschichten. Es ist die grausame Realität, die Ihnen in den kommenden 14 Kapiteln entgegen schlägt.

Eine Realität, die erschütternder als jede Fiktion ist. Was sich vor unserer eigenen Haustür abspielt, kann absolut unbegreiflich und entsetzlich sein. Es sind Bekannte und liebgewonnene Freundinnen, die nette Familie von neben an, aufopfernde Mütter oder der Nachbar, der immer so freundlich und zuvorkommend grüßte. Personen hinter deren bürgerlichem Auftreten sich unsagbar tiefe Abgründe auftun, die niemand selbst im näheren Umfeld für möglich gehalten hätte. Die Straftaten können für die Opfer und für alle, die ihnen nahestehen, die Welt zum Einsturz bringen.

Stimmt es wirklich, dass die überwiegende Anzahl aller Verbrechen aus Leidenschaft begangen wird? Trifft es zu, dass unter bestimmten Voraussetzungen jeder von uns dazu fähig ist, einen anderen Menschen zu töten? Beim Lesen der folgenden Geschichten können Sie sich selbst ein Bild machen.

In diesem Buch stelle ich Ihnen wieder 14 Kriminalfälle vor, dieses Mal aus den Vereinigten Staaten, die sich tatsächlich ereignet haben – und das vor gar nicht allzu langer Zeit. Lassen Sie sich von elf grausamen, aber völlig unterschiedlichen Mordfällen, einer spektakulären Entführung und einem aufsehenerregenden Diebstahl mitreißen, zum Miträtseln inspirieren und zu Tränen rühren! Empfinden Sie den nahezu unvorstellbaren Schmerz der Opfer und ihrer Angehörigen nach!

Spüren Sie die schreiende Ungerechtigkeit, wenn der Täter in manchen Fällen nicht ermittelt werden kann und ein Unschuldiger seinen Platz auf dem elektrischen Stuhl einnimmt. Amüsieren Sie sich über einen bis heute unvergessenen Diebstahl, der zum teuersten Schwulenporno der Geschichte führte! Versetzen Sie sich in die Lage der Beteiligten und staunen Sie darüber, wie die Realität selbst die ausgeprägteste Vorstellungskraft in den Schatten stellen kann!

Schonungslos präsentiere ich ihnen die wahren Fakten in Kurzgeschichtenform. Geändert wurden zum Schutz der Persönlichkeit ausschließlich einige Namen der Beteiligten.

Man könnte über jeden Fall ganze Bücher schreiben, das jedoch ist nicht meine Absicht. Kurzgeschichten sind wie der tragische Sturm, der unerwartet hereinbricht. Ehe man sich versieht, hat er nichts als Zerstörung hinterlassen. Zurück bleiben vor allem starke Emotionen und viele Fragen. Es sind Verbrechen in Kurzform, die zum Weiterdenken bewegen.

Beim Lesen dieser Geschichten werden Sie lachen und weinen, verblüfft, entsetzt und sprachlos sein. Nun aber Schluss der vielen Worte. Lassen Sie uns in die Welt der wahren Kriminalfälle und echten Verbrechen eintauchen.

KAPITEL 1:
WEIL ER SCHWARZ IST …

Der Anblick ist quälend: Die Tür öffnet sich und dann kommen die drei herein. Einer davon ist noch ein kleiner Junge. Er muss sich regelrecht an der dicken Bibel vor seiner Brust festhalten. Die Beine versagen ihm beinahe den Dienst, ohne den festen Griff der zwei Wachen, die ihn vor sich herschieben, würde das Kind vermutlich zusammenbrechen. Sein ganzer Körper zittert, Tränen laufen ihm die Wangen hinunter, die Lippen beben – denn das hier soll sein letzter Gang sein. Auf George Stinney Junior wartet der elektrische Stuhl. In wenigen Momenten sollen 5.380 Volt durch seinen kleinen Körper gejagt werden!

Mit einer erschreckenden Kälte und Routine, wird der gerade einmal 14 Jahre alte Junge auf dem Hinrichtungsgerät platziert. Er winselt, weint, bettelt die Männer um ihn herum an, ihn doch gehen zu lassen. Doch sie reagieren nicht. Die Gurte werden festgezurrt, die feuchten Schwämme angebracht. Wie kann es sein, dass das Personal so unbeteiligt bleibt, während das Kind fast schon ohnmächtig wird vor Angst? Als alles angebracht ist, bedecken sie sein Gesicht mit einem Tuch, das sie festbinden. Denn den Zeugen der Hinrichtung sollen allzu schreckliche Bilder erspart bleiben.
Häufig heißt es, dass einer in seinen letzten Momenten noch einmal sein ganzes bisheriges Leben vor dem inneren Auge sieht. War es für George Stinney Jr. auch so? Hat das Kind überhaupt begriffen, warum man ihm etwas so Schreckliches antut?

George Junius Stinney Jr. wird am 21. Oktober 1929 in Sumter, South Carolina geboren. Ein Staat des alten Südens, in dem nach wie vor die Rassentrennung existiert, und in dem man an die heilsame Wirkung der Todesstrafe glaubt. Denn nur drakonische Strafen bieten die beste Abschreckung.
Die Welt in der George aufwächst, ist eine Zeit der Umbrüche: Der erste Weltkrieg ist erst wenige Jahre vorbei, die Nachwehen sind auch in den USA spürbar. Es zeichnet sich bereits ab, dass die Wirt-

schaft sich anschickt auf eine Talfahrt zu begeben – die weder vor Arm noch Reich Halt machen wird. Nach einem Umzug lebt George Junius schließlich in Alcolu, South Carolina.

In South Carolina dürfen Schwarze und Weiße nach wie vor nicht zusammen in einem Bus sitzen, besuchen getrennte Schulen, haben unterschiedliche Lebensperspektiven. Die Weißen sehen sich als Oberschicht an, haben meist schon Schwierigkeiten, die Gesichter von Farbigen überhaupt auseinander zu halten. Gleiches Recht für alle? Von solchen Gedanken ist man zu dieser Zeit weit entfernt, vielmehr gelten Farbige noch immer als unterbemittelt, triebgesteuert – und grundsätzlich böse. Das gilt bereits für kleine Kinder. „Negros“ sind Menschen zweiter Klasse, ohne Perspektive auf ein wenig Glück im Leben.

Es ist 1944, der 2. Weltkrieg geht in die finale Phase, als ein Mord ganz Alcolu aufschreckt. Die Eltern der 11 Jahre alten Betty June Binnicker und der 8-jährigen Mary Emma Thames ahnen bereits früh, dass den beiden Mädchen etwas passiert sein muss. Denn sie kommen nicht zur vereinbarten Zeit nach Hause. Je mehr die Stunden verstreichen, desto mehr Sorgen machen sich die Eltern, suchen nach den Mädchen. Schließlich entscheiden sie sich, die örtliche Polizei einzuschalten, die direkt mit einer fieberhaften Suche beginnt. Von Erfolg in diesem Zusammenhang zu sprechen, kommt einem schwer über die Lippen. Am folgenden Mor-

gen werden die Mädchen gefunden – in einem Straßengraben. Tot.
Bei dem Anblick stehen auch den hartgesottensten Männern der Gemeinde die Tränen in den Augen. Die zarten Körper der Kinder liegen leblos, willenlos in dem seichten Wasser. Die Kleidchen kleben wegen der Nässe an ihnen, lassen die Haut durchschimmern. Die Haare bewegen sich in der Strömung hin und her – wie auch die Köpfe. Deren Anblick ist das Erschütterndste von allem. Denn die Schädeldecke ist nur noch ein grauenerregendes Gemisch aus Blut, Knochen und Hirnmasse. Betty June und Mary Emma sind brutal erschlagen worden.
Für die örtlichen Ermittler ist es kein leichter Gang, als sie dies den Eltern mitteilen müssen. Schließlich kennt man sich vom Sehen, lebt schon seit Jahren quasi Tür an Tür. Das Leid in den Mienen ist nur schwer auszuhalten, als man ihnen die bittere Wahrheit eröffnet. Die Mutter von Betty June braucht einen Moment, um die Worte überhaupt zu begreifen. Dann trifft es sie wie ein Blitzschlag, sie sackt ohnmächtig auf der Veranda zusammen. Während ihr Mann mit erstarrter Miene daneben steht und zittert. Die Eltern von Mary Emma dagegen, die den Männern bis an die Pforte entgegengelaufen sind, nehmen sich in den Arm und brechen in Tränen aus. Ihnen wurde das Liebste in ihrem Leben genommen, ein Schicksalsschlag, über den sie nie wirklich hinwegkommen werden.

Betreten wenden die Boten sich ab, schleppen sich in die Stadt zurück. Die Einwohner von Alcolu haben hinter den Fenstervorhängen auf sie gewartet, laufen hinaus und bestürmen die Polizisten, zu erzählen, was mit den Mädchen geschehen ist. Alle sind in großer Sorge und hellster Aufregung, so etwas Schreckliches hat sich hier noch nie zuvor ereignet. Die Polizisten können nur wenige Worte herausbringen, doch die Nachricht vom Tod der Betty June und Mary Emma spricht sich wie ein Lauffeuer herum. Überall betretene Gesichter, Fassungslosigkeit – und schnell werden die ersten wütenden Schreie nach Rache und Vergeltung ausgestoßen. Wie soll man hier noch in Ruhe und Frieden leben können, wenn man Angst um seine Kinder haben muss? Wenn ein Mörder frei herumläuft, der kleine Mädchen tötet?

Den Polizisten geht es ebenso. Auch in ihnen keimt schließlich das Bedürfnis nach Rache auf, als sie die Schockstarre überwunden haben. Fieberhaft starten sie noch am selben Tag mit den Ermittlungen und Befragungen. Sie tun alles, um so schnell wie möglich einen Schuldigen präsentieren zu können. Sie sind wie entfesselt und einfach nur auf der Jagd! Schnell gerät der 14-jährige George in den Fokus der Ermittler. Er ist ein fröhlicher Teenager und in der Pubertät, weshalb er gerade beginnt, sich für Mädchen zu interessieren. Die meisten in Alcolu kennen ihn, allerdings hat er zwei große Mankos: Seine Familie ist zugezogen und – es sind Farbige.

George Junius ist ein schwarzer Junge, was in dieser Welt der Rassentrennung bereits von vornherein verdächtig ist. Außerdem wurde er dabei beobachtet, wie er und seine Schwester am Tag ihres Verschwindens mit den beiden Mädchen gesprochen haben.

Diese Tatsache reicht schon aus, um das pubertierende Kind zum Hauptverdächtigen in diesem Doppelmord werden zu lassen. Denn angeblich soll der Junge die beiden Mädchen angesprochen haben, weil er Sex mit der 11-jährigen wollte. So behauptet jedenfalls ein anderes Kind.

Noch am Tag des Auffindens der beiden Mädchen wird George verhaftet. Damit brechen aber auch sämtliche Suchaktionen nach potenziellen anderen Tätern postwendend ab. Von nun an geht es nur noch darum, die Schuld des Jungen zu beweisen.

Das Tatmotiv: George soll Lust auf Sex gehabt haben und weil das ältere Mädchen den Sex mit ihm ablehnte, beschloss der Zurückgewiesene beiden das Leben zu nehmen.

Wie das Verhör, das dann folgt, abgelaufen ist, lässt sich nicht mehr rekonstruieren, denn alle Unterlagen hierüber sind verschwunden. Wie war es für George, in einem Raum zu sein mit den drei aufgeregten Polizisten, die von seiner Schuld überzeugt sind? Die ihn vielleicht bedroht haben, nur ja endlich mit der Wahrheit rauszurücken? Wurden sie vielleicht sogar handgreiflich? Nur das Ergebnis ist bekannt: Der kleine farbige Junge legt ein Geständ-

nis ab und gibt den Mord an den beiden Mädchen zu.
So heißt es jedenfalls. Tatsächlich gibt es weder ein schriftliches Geständnis noch ein Protokoll des Verhörs. Lediglich ein paar handschriftliche Notizen sind vorhanden, die einer der befragenden Deputys angefertigt hat.
Die Eltern oder ein Anwalt waren bei dem Verhör nicht anwesend.
Mit regelrecht fieberhafter Eile geht es weiter: Gerade einmal einen Monat später beginnt das Gerichtsverfahren. Schon die Zusammensetzung der Jury deutet darauf hin, dass der Angeklagte es nicht leicht haben wird. Die Geschworenen sind allesamt weiße Männer. Männer, die zu Hause Familien haben, geliebte Kinder, die sie unnachgiebig und mit Nachdruck vor so einem Monster schützen wollen. Stinneys Anwalt glänzt vor allem durch vornehme Zurückhaltung, aber eine echte Verteidigung seines Mandanten aufbauen, das tut er nicht. Weil er es nicht kann oder weil er es nicht will? Auch auf wichtige Beweise wird nicht in zureichendem Maß eingegangen. Am Ende wirkt alles wie ein Schauprozess, in dessen Mittelpunkt ein komplett verängstigter Junge steht, der völlig überfordert ist mit der gesamten Situation.
George sitzt da auf der Anklagebank, klein, zusammengesackt, eingeschüchtert. Er hat Mühe dem Prozess zu und den ganzen Argumenten zu folgen. Am Ende ist er erleichtert, als es nach gerade ein-

mal fünf Stunden vorbei ist mit dem ganzen Gerede. Dabei hieß es, dass es Tage dauern würde, ehe man eine Entscheidung trifft. Hier geht an diesem Nachmittag alles ganz schnell.
Als die Geschworenen den Raum verlassen, richten sich alle schon auf eine längere Pause ein. Solche Beratungen in Mordfällen dauern meist einige Zeit. Umso überraschter sind die Zuschauer, als nach gerade einmal zehn Minuten die Tür aufgeht und die Geschworenen wieder hereinkommen. Sie haben keine Zeit für große Beratungen verschwendet, offensichtlich sind alle zutiefst davon überzeugt, in dem kleinen Jungen den skrupellosen Mörder zweier Mädchen gefunden zu haben. Und wenn nicht – auch nicht schlimm. Dann gibt es eben einen Schwarzen weniger. So denken einige Menschen in dieser Zeit. Das Urteil lautet: schuldig. Und: Tod durch Hinrichtung auf dem elektrischen Stuhl.
Versteht George direkt, was ihn erwartet? Sicherlich nicht; aber seine Eltern und die Familie, die auf den Zuschauerbänken in verzweifeltes Schluchzen und Tränen ausbrechen. Das Unfassbare ist passiert: Gerade eben wurde ein Kind zum Tode verurteilt! George soll der jüngste Mensch werden, an dem die Todesstrafe vollstreckt wird.
Auch jetzt bleibt sein Anwalt passiv, legt nicht einmal Berufung gegen das Urteil ein.
Die Justiz scheint das Rachebedürfnis der Menschen in Alcolu nachvollziehen zu können. Un-

nachgiebig wird auch die beschlossene Bestrafung des Jungen durchgepeitscht. Der Termin für die Exekution, die in Richland stattfinden soll, wird gerade einmal zwei Monate nach der Verurteilung angesetzt.

Am 16. Juni 1944 holen die Wachen den kleinen Jungen aus der Todeszelle und bringen ihn ohne eine menschliche Regung, Trost oder Beistand zum elektrischen Stuhl. Dort beteuert das aufgelöste Kind wieder und wieder seine Unschuld. Doch die Richter und die Henker interessieren sich nicht dafür und agieren mit einer fürchterlichen Kälte. Ganz nach Verfahrensanweisung legen sie schließlich die Schalter um …

Stinney Jr. hatte niemals Gelegenheit, einen Schulabschluss zu machen, sich zu verlieben, eine Familie zu gründen und seine eigenen Kinder zu sehen. Er stirbt mit gerade einmal 14 Jahren einen qualvollen Tod.

Während viele andere Fälle vergessen werden, hat das Schicksal von George Junius die Menschen über die Jahrzehnte immer wieder bewegt. Seine Familie, überzeugt von seiner Unschuld, hat immer wieder Anstrengungen unternommen, den Fall neu aufzurollen. Dabei wurden sie unterstützt von Bürgerrechtlern, die ebenfalls überzeugt davon waren, dass es sich um einen ungerechten und ungerechtfertigten Prozess handelte.

Es dauert 70 Jahre, bis endlich Bewegung in die Angelegenheit kommt. Doch all die Beharrlichkeit soll sich nun auszahlen! 2014 wird der Fall von George Junius Stinney Jr. erneut von einem US-amerikanischen Gericht überprüft – und die Todesstrafe wird nachträglich aufgehoben! Die Richterin, Carmen Mullen, ist überzeugt davon, dass dem Jungen großes Unrecht durch den Staat widerfahren ist. Sie bezeichnet diesen Fall als besonders schlimmes Beispiel dafür, wie einem Schwarzen während der Zeit der Rassentrennung durch die Justiz Unrecht widerfuhr. Neben zahlreichen Verfahrensfehlern monierte Mullen die schockierende Geschwindigkeit, in der das Urteil gefunden und vollstreckt wurde. Hier wurden die Grundrechte des Jungen verletzt. Ebenfalls kritisch sieht sie das Geständnis, das Basis der Verurteilung war. Vermutlich wurde dieses erpresst, in jedem Fall sei es unglaubwürdig.

Für die Familie ist die Rehabilitation von George eine große Erleichterung. Vor allem seine inzwischen 80-jährige Schwester Kathrine Robinson, eine pensionierte Lehrerin aus New Jersey, die damals ebenfalls mit den beiden getöteten Mädchen gesprochen hat, ist unglaublich dankbar. Seit dem 17. Dezember 2014 steht nun fest, dass ihr George unschuldig war!

Eine quälende Frage bleibt jedoch weiterhin offen. Wenn George unschuldig war, an wessen Händen klebt dann das Blut der zwei Opfer und George?

KAPITEL 2:
DAS TELEFONAT

Die Sechsjährige schreit vor purem Entsetzen laut auf, als sich die Waffe plötzlich auf ihre etwas ältere Schwester richtet. Ohne dass diese versteht, was ihr geschieht, trifft der Schuss sie in den Rücken. Ihre ältere Schwester sackt wie eine Lumpenpuppe willenlos in sich zusammen. Das ist der Moment, in dem auch die Sechsjährige sich voller Angst umdreht und zur Haustür rennt. Ihr kleines Herzchen klopft bis zum Hals, Tränen rinnen ihr aus den Augen. Schon ist sie im Flur, die Tür ist zum Greifen nah!
Doch dann wird sie nach vorne geschleudert. Es ist, als hätte eine riesige Faust das zierliche Mädchen im Rücken erwischt. Erst als sie schon am Boden liegt, beginnt sie den Schmerz in ihrem Rücken zu

spüren. Es brennt so sehr ... Als sie die Schritte hört, versucht sie noch, in Richtung Tür zu kriechen, doch vergeblich. Eine Hand packt die wie Espenlaub zitternde Kleine an der Schulter und dreht sie herum. Dann schießt ihr Verfolger dem Mädchen in den Kopf.

Während der Blick ihrer Augen bereits bricht und die Atmung stockt, durchzuckt noch ein letzter, verzweifelter Gedanke den Verstand des Kindes: „Warum?"

Am 2. August 1955 wird der kleine John David Battaglia jr. in Alabama geboren; die nächsten Jahre zieht er mit seinen Eltern quer durch die USA und lebt sogar einige Zeit in Deutschland, denn sein Vater gehört der US-Army an. Und auch John geht nach der Schule zunächst zu den US-Marines. Eine legendäre Truppe, deren Mitglieder sich selbst als „Ledernacken" oder „Höllenhunde" bezeichnen. Wer es hier schafft, der ist durch die Hölle gegangen.

John bringt es bei den Marines bis zum Sergeant, dann zieht er zu seinem Vater, der in Dallas heimisch geworden ist und geht zweimal die Woche zur Abendschule. Er schafft das Wirtschaftsprüfer-Examen und arbeitet anschließend als Angestellter im Rechnungswesen. Nebenbei modelt der gutaussehende, 1,83 Meter große Mann mit den grünen Augen.

So bezaubert John auch die alleinerziehende Anwältin Michelle G., mit der er während der Ehe die gemeinsame Tochter Kristy bekommt. 1987 lässt er sich jedoch von Michelle wieder scheiden, sein überbordendes Temperament ist zu einem Problem für die Beziehung geworden.

1991 hat John eine neue Liebe des Lebens gefunden: Mary Jean Pearle. Die beiden geben sich am 6. April des Jahres das Ja-Wort und schon ein Jahr später dürfen sie sich über ihre Tochter Mary Faith freuen, 1995 erblickt Liberty Mae das Licht der Welt. Das Glück der Familie Battaglia-Pearle scheint vollkommen zu sein – zumindest für Außenstehende.

Denn hinter der schönen Fassade kriselt es schnell. Noch in der Hochzeitsnacht zeigt John sein wahres Gesicht, er beschimpft und beleidigt seine Frau wüst. Fortan werden solche Szenen zum Alltag in der kleinen Familie gehören, doch Mary Jean Pearle hält es der Kinder zuliebe aus. Erst nach einer besonders heftigen Attacke mit verbalen Entgleisungen fasst sich Pearle endlich ein Herz und trennt sich von John. Weil der nicht länger bei Pearle leben darf, wird eine Besuchsregelung für die Kinder vereinbart. Denn Mary Jean möchte ihren Kindern nicht den Vater wegnehmen, den die beiden Mädchen über alles lieben und der auch Faith und Liberty vergöttert.

Am Weihnachtstag 1999 erreicht der Kleinkrieg der Eheleute jedoch die nächste Stufe: Als Battaglia kommt, um seine Töchter zu sehen, rastet er plötzlich aus und schlägt auf Mary Jeans Hinterkopf ein. Die erstattet daraufhin Anzeige. Gegen ihren gewalttätigen Ex wird schließlich eine Strafe wegen häuslicher Gewalt verhängt. Die Bewährungszeit beträgt zwei Jahre. Ergänzend wird Battaglia verboten, sich seiner Frau zu nähern oder ihr Nachrichten zu schicken. Direkt nach der Urteilsverkündung reicht Pearle dann die Scheidung ein, die im August 2000 gültig wird.

Doch Battaglia hat Probleme, die Bewährungsauflagen zu akzeptieren. Er stalkt seine Ex-Frau, tyrannisiert sie mit Anrufen, hinterlässt hasserfüllte Nachrichten mit üblen Beschimpfungen auf ihrer Mailbox. Er kann das Ganze offensichtlich noch längst nicht zu den Akten legen. Ende April 2001 fasst sich Mary Jean schließlich ein Herz und informiert die Behörde über Johns Verhalten. Ebenfalls weist sie daraufhin, dass er Marihuana raucht – was einen weiteren Bewährungsverstoß darstellt.

Und noch immer ist Mary Jeane Pearle felsenfest davon überzeugt, dass Battaglias Hass sich ausschließlich gegen sie selbst richtet. Denn auch in seinen schlimmsten Phasen hat er für seine beiden Mädchen nur liebevolle Worte. Deshalb erlaubt sie auch weiterhin die regelmäßigen Treffen von Faith und Liberty mit ihrem Vater.

Der 2. April 2001 ist der schicksalhafte Tag, an dem diese Überzeugung sich als falsch herausstellen wird.

Pearle bringt ihre Mädchen wie sonst auch zu dem

vereinbarten Treffpunkt in der Shopping Mall. Der Mutter ist es lieber, sich mit Battaglia an einem neutralen Ort zu treffen. Er wirkt bereits etwas angespannt. Der Ex-Marine hat an diesem Tag einen entscheidenden Anruf erhalten, der erneut seine Hassgefühle angestachelt hat. Denn wegen der Beschwerde von Pearle muss er nun doch ins Gefängnis. Der Polizist hat ihm jedoch versichert, dass man ihn erst abholt, wenn die Kinder das Ganze nicht mitansehen müssen.

Von all dem ahnt seine Ex nichts – sie weiß auch nicht, dass er mit den Mädchen in seine Wohnung im vierten Stock in Deep Ellum fährt, anstatt mit ihnen in der Mall zu essen. Wohl auf der Fahrt dorthin erzählt er den Mädchen, dass Daddy ins Gefängnis muss und dass Mami schuld daran ist. Für die 9-Jährige und die 6-Jährige bricht eine Welt zusammen.

Er stachelt sie an, ihre Mutter anzurufen und sich zu überzeugen, dass sie wirklich die Verantwortliche ist. Denn es folgen zwei Anrufe und Nachrichten auf der Mailbox von Faith, die ihre Mama um einen Rückruf bittet. Die ist verwundert und meldet sich sofort zurück. Vielleicht hat Pearle eine vage Ahnung, dass hier gerade etwas schief zu laufen droht, doch die muntere kindliche Stimme von Faith klingt zunächst wie immer. Bis zu dem Moment, als sich im Hintergrund Battaglia zu Wort meldet und verlangt, dass das kleine Mädchen fragt. Und sie tut es: „Warum willst du, dass Daddy

ins Gefängnis geht?"
Mary Jeane Pearls Blut gefriert in diesem Moment zu Eis, beinahe entgleitet ihr der Telefonhörer aus ihren zitternden Fingern. Er weiß es! wird ihr schlagartig klar.
Dann bricht die Hölle los!
Pearle hört noch, wie Faith entsetzt schreit: „Nein, Papi, bitte nicht! Bitte tu das nicht!" Dann fallen mehrere Schüsse ... Schreie ... Wie betäubt hört die Mutter durch das Telefon alles mit, wird Zeuge, wie ihre beiden Mädchen vom Vater erschossen, ja, hingerichtet werden. Dann ist kurz Stille.
„Schöne, verfickte Weihnachten!", zischt Battaglia seiner Ex durch den Telefonhörer zu. Und Pearle wird klar: Das eben war eine Racheaktion für Weihnachten 1999.
Während die Mutter sofort die Polizei alarmiert und dann mit dem Auto zum Apartment ihres Ex-Mannes rast, um vielleicht doch noch das Leben ihrer Mädchen zu retten, gönnt sich Battaglia einen entspannten, schönen Abend. Es ist so, als würde ihn das alles überhaupt nicht berühren. Der Mord ist ein „Kollateralschaden" für ihn, wie die Nachricht zeigt, die er direkt nach den Schüssen auf Pearles AB hinterlässt, eine Nachricht für seine Mädchen: „Hallo, Mädels. Ich möchte euch nur sagen, dass ihr sehr, sehr tapfer gewesen seid. Und ich hoffe, dass ihr nun an einem besseren Ort seid. Ich wünschte ihr hättet nichts mit eurer Mutter zu tun gehabt, sie ist böse und teuflisch und dumm!"

Er verabredet sich mit seiner Freundin und geht mit der in aller Seelenruhe in eine Bar, um etwas zu trinken. Später lässt er sich in einem Tattoo-Studio noch zwei Rosen in den linken Oberarm stechen – als Erinnerung an seine Kinder Faith und Liberty. Dann wird er von der Polizei aufgegriffen und nach einem Kampf wegen Mordes verhaftet. In seiner Wohnung werden zahlreiche Schusswaffen gefunden und die beiden Mädchen, die in großen Blutlachen liegen. Faith ist in der Küche, Liberty scheint noch Richtung Tür weggelaufen zu sein, denn sie wird nur wenige Schritte vom Ausgang entfernt gefunden. Beiden wurde zunächst von hinten in den Rücken geschossen, ehe ihr Vater sie durch tödliche Schüsse hinrichtete. Sie waren ein Werkzeug seiner Rache.

Beim Gerichtsprozess, der am 2. April 2002 in Dallas beginnt, kommt die ganze schreckliche Wahrheit ans Licht. Denn John Battaglia Jr. hat eine lange Vorgeschichte wegen häuslicher Gewalt, so hat er seiner ersten Frau während einer seiner gewalttätigen Phasen sogar die Nase gebrochen und den Kiefer ausgerenkt. Des Weiteren hatte er damals schon angedroht, auch ihrem siebenjährigen Sohn aus einer anderen Beziehung etwas Ähnliches anzutun. Offenbar bestand schon seit jeher bei dem ehemaligen US-Marine eine deutliche Gewaltbereitschaft gegenüber Kindern.
Das Urteil wird nach einer gerade einmal zwan-

zigminütigen Beratung verkündet und lautet: Hinrichtung durch die Giftspritze – dies wird auch bei der automatischen Berufung bestätigt. Sowohl Pearle sowie seine erste Frau Michelle G., als auch Battaglias erste Tochter Kristy sprechen sich für den Tod des Mannes aus, der einfach nur deshalb das Leben von zwei Kindern genommen hat, weil er damit am besten der Mutter Schmerzen zufügen konnte. Für Mary Jeane Pearle ist Battaglia jr. der schlimmste aller Mörder, schlimmer als Hitler oder Jeffrey Dahmer, denn sogar die haben sich nicht an Kindern vergangen. Das betont sie in ihrer Aussage bei Gericht.

Die Argumente der Verteidigung bauen sich auf der Tatsache auf, dass Battaglia schon seit längerem an einer besonders starken Form der Bipolaren affektiven Störung (Form I) leide und somit nicht verantwortlich gemacht werden könne für seine Taten. Mehrere Gutachter bestätigen die unbehandelte psychische Störung, vermutlich kombiniert mit einem psychotischen Schub – doch alle sind sich sicher: Battaglia war voll steuerungsfähig und wusste, was er tat. Dies könne kein Milderungsgrund sein.

Am 1. Februar 2018 stirbt Battaglia an den Folgen der Giftspritze – doch erneut gewinnt wieder einmal die manische Seite seiner Persönlichkeit die Oberhand. Nach der Injektion schließt der Mann theatralisch seine Augen, nur um sie dann wieder zu öffnen und amüsiert zu fragen: „Bin ich immer noch am Leben?“ Und am Ende wendet er sich noch einmal seiner Ex-Frau zu, die in der Beobachterkabine ist: „Hi, Mary Jean. Wir sehen uns alle später.“

KAPITEL 3:
EIN GRAUSAMER PLAN

(von Alexander Apeitos)

Andreas und Jan A. sind Brüder aus Aalen. Heute sitzen beide in einem Hochsicherheitsgefängnis in Arizona, USA.

Andreas kommt 1960, Jan 1963 in Aalen zur Welt. Über die Verhältnisse, in denen die Brüder aufgewachsen sind, ist nicht viel bekannt. Sicher ist aber, dass beide im Laufe ihres Heranwachsens wegen etlicher Kriminaldelikte auffällig geworden sind.
Später wird Professor Frank Schneider, der in der

Psychiatrischen Klinik der Düsseldorfer Heinrich-Heine-Universität tätig ist, schwere Gehirnschäden bei Jan A. feststellen, welche auf Misshandlungen im Kindesalter zurückzuführen sind.

In ihren späten 20ern schmieden Andreas und Jan einen simplen Plan, um ein für alle Mal ihre Geldprobleme zu lösen: Die Brüder wollen in die USA reisen und eine Ehefrau für Andreas suchen. Diese soll ihr Ticket zur finanziellen Freiheit sein.

So fliegen sie am 10. August 1988 gemeinsam mit Jans Ehefrau Susanne und Andreas Ex-Freundin Anke nach San Diego, Kalifornien. Das Quartett steigt dort in einem billigen Motel ab und die Brüder machen sich sofort auf die Suche nach einer potenziellen Ehefrau für Andreas.

In einem Nachtclub in der Nähe des Motels lernen sie Cheryl R. und ihre Freundin Trudy W. kennen. Die beiden Frauen kommen ursprünglich aus Phoenix und sind in der Stadt, um an der Geburtstagsparty von Cheryls Bruder teilzunehmen.

Tatsächlich gelingt es Andreas und Jan, die beiden Frauen in ein langes, über den kompletten Abend andauerndes Gespräch zu verwickeln. In recht schlechtem Englisch erzählen sie den Frauen, sie seien auf einer Dienstreise. Beruflich würden sie Surfbretter herstellen und seien außerdem Importeure für Autos der Edelmarke Mercedes. Bevor sich die Brüder verabschieden, geben Cheryl und Trudy ihnen ihre Telefonnummern und ihre Adressen. Sie laden die beiden nach Phoenix ein und

freuen sich jetzt schon darauf, den Abend dort fortzusetzen.
Knapp zwei Wochen später machen Andreas und Jan sich dann tatsächlich auf den Weg nach Phoenix. Cheryl holt die Brüder vom Flughafen ab und fährt sie zu ihrem Hotel in Mesa.
Kurz nachdem die Brüder eingecheckt haben, verlassen sie die Unterkunft auch schon wieder. Sie ziehen ins Motel 6, ein sehr viel günstigeres Hotel. Cheryl erzählen sie, sie wären nun im Holiday Inn untergekommen, weil dieses eher ihren Ansprüchen gerecht wird.
Derweil verbleiben Susanne und Anke in San Diego. Einige Wochen nach der Abreise von Andreas und Jan reist Susanne zurück nach Deutschland. Andreas und Jan fliegen daraufhin erneut nach San Diego, um Anke mit nach Phoenix zu nehmen.
Anders als geplant entsteht keine Affäre zwischen Andreas und Cheryl, was die Brüder aber nicht davon abhält, etliche andere Frauen kennenzulernen.
Am 6. Oktober 1988 ergibt sich dann endlich die Gelegenheit, auf die die Brüder gewartet haben. In einer Bar lernen sie Annette C. kennen. Andreas und Jan geben sich als Bank- und Computerexperten aus und am Ende des Abends steckt Annette Jan ihre Telefonnummer zu. Schon am darauffolgenden Sonntag ist das erste Date. Diesmal bringt Annette ihre Freundinnen Kathy und Cynthia „Cindy“ Monkman mit. Bingo.

Andreas fokussiert sich sofort auf Cindy, unterhält sich mit ihr und tanzt den ganzen Abend ausschließlich mit dieser. Schließlich gesteht er ihr: „Du bist die Frau, die ich heiraten will.“

Nach diesem Abend treffen sich Andreas und Jan regelmäßig mit Annette und Cindy.

Als die zwei Brüder aber eines Tages in Cindys Apartment zu Besuch sind und plötzlich 100 $ fehlen, wird Cindy misstrauisch. Sie ruft im Holiday Inn an, um Andreas zu fragen, ob er das Geld versehentlich eingesteckt hat.

Doch von der Rezeption erfährt sie, dass es keine Hotelgäste mit dem Namen der Brüder bei ihnen gäbe. Schließlich findet sie heraus, dass Andreas und Jan im Motel 6 wohnen. Cindy macht sich gemeinsam mit ihrer Freundin Annette auf den Weg zum Hotel und die beiden Frauen treffen dort völlig überraschend auf Anke. Sie sind verwundert.

Anke gibt sich als gute Bekannte von Andreas und Jan aus und teilt den beiden Frauen mit, dass die Brüder nicht da sind und sie auch nicht wisse, wann sie zurück seien.

Am nächsten Tag treffen sich die Geschwister wieder mit Annette und Cindy und erklären ihnen, dass sie wegen ihrer Nachfragerei ihre Jobs und auch ihre Arbeitsvisa verloren hätten.

Die Frauen fühlen sich unendlich schuldig. Sie bieten ihnen ihre Hilfe bei der Suche nach einem neuen Job an, doch Andreas blockt jegliches Angebot ab. „Was sollen wir dann tun? Euch heiraten?“, fragt Annette schließlich. „Ja“, antworteten die Brüder.

Nur kurze Zeit später zieht Jan bei Annette und Andreas bei Cindy ein. Jan und Annette trennen sich bereits nach einer Woche wieder; denn Annette findet heraus, dass Anke mehr als nur eine gute Bekannte für Jan ist.

Dieser zieht daraufhin wieder aus und mietet sich zusammen mit Anke ein Zimmer in einem Motel. Offiziell heißt es allerdings, die beiden seien zurück nach Deutschland geflogen.

Andreas und Cindy bleiben bei ihrem Plan bald zu heiraten. Cindy bietet Andreas zunächst eine Schein-Ehe an, um ihm so die Beschaffung eines Arbeits- und Bleibevisums zu erleichtern. Andreas aber schwört ihr, dass er eine richtige Ehe mit ihr führen möchte, eine, die für immer hält.

Am 28. Oktober 1988 heiraten Andreas und Cindy in Las Vegas. Weder Familie noch Freunde sind bei der Zeremonie anwesend. Die beiden haben sich dafür entschieden ihre Ehe geheim zu halten.

10 Tage nach der Eheschließung, am 7. November 1988, kontaktiert Andreas einen Versicherungsmakler. Er interessiert sich für eine Lebensversicherung in Höhe von einer Million Dollar.

Als er Cindy von seiner Idee, diese Lebensversicherung über sie abzuschließen, erzählt, vermutet sie, dass dies bei Eheleuten in Deutschland üblich ist und willigt daher ein. Cindy schließt dann eine Lebensversicherung in Höhe von 400.000 Dollar ab

und stellt zugleich einen Scheck über die erste Rate aus.
Der Plan der Gebrüder scheint aufzugehen.
Andreas, Jan und Anke beginnen sofort das Geld zu verplanen. Sie schließen Kaufverträge für teure Uhren und zwei Autos der Marke Jaguar ab. Dabei leisten sie jeweils eine Anzahlung und versprechen die Restzahlung zu leisten, wenn sie ihr Geld aus Deutschland bekommen.
Auf einem dieser Shopping-Trips erzählt Andreas Anke dann auch, dass er ein reicher und gemachter Mann ist, wenn Cindy eines unnatürlichen Todes sterben würde.
Derweil hat Cindy sich einen zweiten Job gesucht, um für sich und Andreas zu sorgen. Er hingegen hat keine Probleme damit, ihr Geld für die Lebenshaltungskosten von Jan und Anke auszugeben.
Am 25. November erhält Andreas einen Anruf vom Versicherungsmakler. Die Versicherung hat Cindys Antrag geprüft und kann ihr nur eine Absicherung in Höhe von 100.000 Dollar zusagen. Über eine andere Versicherung könnte aber ein weiterer Vertrag über 300.000 Dollar abgeschlossen werden. Gesagt, getan! In den Versicherungsverträgen wird festgelegt, dass der erste Tag, an dem die Lebensversicherung in Anspruch genommen werden kann, der 22. Dezember 1988 ist.
Am Tag nach diesem Termin, also - am 23. Dezember 1988, packt Cindy ihre Koffer. Sie will am folgenden Tag zu ihrer Schwester Kathy nach Illinois

fliegen, um dort die Weihnachtsfeiertage mit ihrer Familie zu verbringen. Für den Abend hat sie sich um 20 Uhr noch mit ihrer Freundin Annette verabredet, um Weihnachtsgeschenke auszutauschen.
Die beiden Brüder sind am Tag vor Weihnachten ebenfalls sehr beschäftigt, Sie mieten sich einen Geländewagen mit großer Lagerfläche und treffen sich mit Anke im Motel. Dort berichtet Andreas den beiden: „Wir werden eine Menge Geld haben, wenn ich Cindy heute umbringe“.
Der Plan soll nun endlich vollbracht werden und Andreas vereinbart mit Cindy, dass er sie kurz nach 19 Uhr abholt. Dann wollen sie Cindys Freundin Maria abholen und gemeinsam zu dem Restaurant fahren, in dem sie mit Annette verabredet ist.
Cindy telefoniert noch gegen 18:50 Uhr mit ihrem Vater und anschließend mit ihrer Freundin Maria, um diese in die Planung mit einzubinden. Noch während des Telefonats kommt Andreas nach Hause und Cindy beendet das Gespräch mit ihrer Freundin.
Derweil kommen Anke und Jan gegen 19 Uhr an dem mit Andreas vereinbarten Treffpunkt an.
Etwa 20 Minuten später fährt Andreas dort an den beiden vorbei. Anke und Jan folgen seinem Wagen in Richtung eines Wüstengebiets.
Irgendwann biegt Jan von der Straße ab und fährt eine Weile in der Wüste herum. Dann entdecken Anke und er den Wagen von Andreas.
Jan hält an, befiehlt Anke im Auto zu bleiben und

läuft zu seinem Bruder. Als Jan zurückkommt verabredet er mit Anke, sich um 22:30 Uhr bei ihrer Stammbar mit den Frauen zu treffen.

Andreas und Jan fahren ins Motel, um sich zu duschen, und treffen sich anschließend mit Anke im Restaurant.

Die drei warten offiziell eine Weile auf Andreas Frau, bestellen sich dann Abendessen und besprechen ihr Alibi. Danach gehen sie in einen Nachtclub, bis Andreas schließlich gegen 2 Uhr morgens nach Hause kommt.

Cindys Anrufbeantworter ist voll mit Nachrichten von Annette, Kathy und Maria. Sie machen sich Sorgen, weil Cindy nicht zum vereinbarten Treffen erschienen ist.

Am frühen Morgen des 24. Dezembers 1988 erreicht Annette endlich Andreas, der ebenso verwundert über Cindys Verschwinden wirkt wie sie. Er erzählt, Cindy habe gegen 19 Uhr das Haus verlassen, nachdem sie einen heftigen Streit mit einem fremden Mann am Telefon hatte. Sie waren eigentlich um 22 Uhr in ihrer Stammbar verabredet, aber sie kam nicht.

Annette fährt umgehend zu Andreas, um mit ihm die Polizei zu informieren. Bei ihm angekommen, stolpert Annette direkt über Cindys Handtasche. Die Freundin stutzt - wieso ist die Tasche hier, wieso hat Cindy diese nicht bei sich?

Am Nachmittag des 24. Dezembers 1988 wird Cindys Leiche in der Wüste von Pinal County, Arizona

gefunden.
Ihr wurde einmal in die Brust und vier Mal in den Rücken gestochen. Außerdem wurde ihr so tief die Kehle durchgeschnitten, dass ihr Kopf dadurch fast abgetrennt wurde. Ihr Körper und das Gesicht weisen diverse blaue Flecken auf und auf der Stirn der toten Frau ist der Schuhabdruck eines Sportschuhs zu erkennen.
In der Nähe der Leiche werden ein Stück Nylonschnur und ein blutverschmiertes Strandtuch gefunden. Zudem können eindeutige Reifenspuren und ein weiterer Turnschuh-Abdruck sichergestellt werden.
Am späten Abend des 25. Dezember 1988 fahren Andreas, Jan und Anke mit dem Mietwagen um den Salt River.
Andreas fährt schnell in die Kurven und bremst immer wieder abrupt ab. Er will das Reifenprofil dadurch so beschädigen, dass es nicht mehr den am Tatort gefunden Spuren entspricht.
Bei der Abgabe des Wagens an die Autovermietung sind zwei Reifen so heruntergefahren, dass sie ausgetauscht werden müssen.
Am 31. Dezember fliegen Andreas, Jan und Anke nach Illinois, um an Cindys Beerdigung teilzunehmen. Am 2. Januar 1989 kehren sie dann nach Phoenix zurück, nur um am nächsten Tag weiter nach Los Angeles zu fliegen.
Hier bezahlen sie einem Obdachlosen 20 Dollar, damit dieser eine Nachricht auf Cindys Anrufbe-

antworter hinterlässt. Den Text geben sie ihm vor: „Ich habe Ihrer Frau die Kehle durchgeschnitten [...]. Wenn ich meine Sachen nicht bald bekomme, sind Deine Freundin und Dein Bruder als nächstes und dann du dran [...]. Meine Augen sind überall."
Zurück in Phoenix bringt Andreas das Tonband zu einem Deutsch sprechenden Ermittler, der es übersetzen soll. Dieser verweist seinen Besucher dringend an die Polizei.
Zum selben Zeitpunkt entdeckt die Polizei, dass Cindy kurz nach ihrer Heirat eine Lebensversicherung abschloss, in der ihr Ehemann Andreas A. im Falle ihres Todes als Begünstigter eingesetzt ist. Im Zusammenhang mit der vermutlich falschen Drohung auf dem Anrufbeantworter werden Andreas, Jan und Anke zu den Hauptverdächtigten in diesem Mordfall.
Am 5. Januar positioniert die ermittelnde Polizei insgesamt elf Beamte rund um den Apartmentkomplex, in dem Andreas nun mit Anke und Jan wohnt. Gegen 20:30 Uhr klopft ein verdeckter Ermittler an die Wohnungstür. Er will sicherstellen, dass die drei auch wirklich zuhause sind. Andreas öffnet die Tür und der Beamte stammelt etwas von; „Tut mir leid, die falsche Tür".
Andreas ruft sofort die Polizei an und meldet den seltsamen Vorfall. Er wird zum nächsten Tag auf die Polizeistation beordert, um ein Phantombild des Mannes anfertigen zu lassen. Was er nicht weiß; es ist eine Falle und sie schnappt gerade zu.

Anke und die zwei Brüder finden sich so am 6. Januar in der Polizeistation ein. Die Polizisten sprechen mit jedem einzeln. Anke lassen sie zudem etliche Stunden alleine in der Lobby warten. Und zwar genau so lange, bis endlich der richtige Zeitpunkt gekommen ist. Plötzlich bitten die Polizeibeamten Anke zum Verhör. Sie drängen die Frau, die Wahrheit über den Mord an Cindy Monkman zu sagen.

Wenn sie gestehen würde, versprechen sie ihr Immunität in allen Anklagepunkten. Das heißt: absolute Straffreiheit. Die Ermittler erhöhen den Druck, indem sie Anke immer wieder Fotos von Cindys brutal zugerichtetem Leichnam vorlegen.

Dann bricht Anke wie ein Kartenhaus zusammen. Sie gesteht der Polizei, dass Andreas, Jan und sie die Tat gemeinsam geplant haben. Wegen des Geldes aus der Lebensversicherung.

Die Brüder werden umgehend in Untersuchungshaft genommen. Am 9. Januar durchsucht die Polizei Cindys Wohnung und beschlagnahmt unter anderem eine Armbrust, Andreas' Tennisschuhe und zwei Fotofilmrollen.

Anke schreibt Jan einige Briefe ins Gefängnis. In denen wird ihre Teilnahme an dem Mord an Cindy nur noch weiter bestätigt. Die Briefe werden später als wichtige Beweismittel von der Polizei beschlagnahmt. Ebenso ein Brief von Andreas an Jan, den er auf Deutsch verfasste: „Ich habe einen Typen kennengelernt, der in zwei bis vier Tagen rauskommt und dann sind wir in ein bis zwei Wochen frei [...]. Die Polizei kann nichts machen [...]."

Die Brüder stehen getrennt vor Gericht. In beiden Prozessen tritt Anke als Kronzeugin auf. Mit ihren Aussagen belastet sie vor allem Andreas schwer und versucht Jan zu entlasten. Bei ihm habe sie weder ein Messer noch Blutspuren gesehen.

Im Prozess gegen Jan kommt es dann aber zu einer entscheidenden Wendung. Ein Sachverständiger, von Jans eigenem Anwalt beauftragt, gibt vor Gericht bekannt, dass der Täter Rechtshänder sein muss.

Andreas jedoch ist Linkshänder - und Jan ein Rechtshänder. Die Geschworenen sind von dem Gutachten überzeugt. Immerhin wurde es von der Verteidigung in Auftrag gegeben, also wieso sollte man dann daran zweifeln?

Andreas wird deshalb am 10. August 1990 vor dem Superior Court of Arizona zur Todesstrafe verurteilt. Sein Bruder Jan erhält das gleiche Urteil am 8. Januar 1991.

Andreas erster Exekutionstermin ist der 5. Juni 1989.

Ein bundesrichterliches Berufungsverfahren bewirkt aber einen Aufschub der Hinrichtung. Dadurch sitzt Andreas bis heute in der Todeszelle des Hochsicherheitsgefängnisses in Florence, Arizona. Jans Todesstrafe wurde im Mai 2009 durch Richterin Silvia A. in eine lebenslange Haftstrafe umgewandelt. Grund dafür ist, dass Jan nachweislich als geistig zurückgeblieben zu betrachten ist. Schon vorher wurde er durch den deutschen Sachverständigen Frank Schneider auf Grund einer Hirnschädigung als schuldunfähig eingestuft. Auf dieses Gutachten hin beantragt sein Anwalt zuerst die Aufhebung Todesstrafe. Das Gericht entsprach dem Antrag. Dabei wies Richter Arellano bei der Entscheidung deutlich darauf hin, dass Andreas zum Tatzeitpunkt gut genug englisch gesprochen hat, um Immobilien zu mieten und eine Versicherung abzuschließen. Sein Bruder hingegen habe schon als Kind diverse Sonderschulen besucht und sei aus der Bundeswehr geflogen, zudem ist er sehr stark auf Andreas fixiert.

Aber wie konnte Cindy auf Andreas nur hereinfallen?

Cindy Monkman wurde am 16. September 1959 geboren. Mit ihrer Schwester Kathy und ihrem Bruder John wächst sie in geregelten Familienverhältnissen auf. Als Cindy 7 Jahre alt ist, verstirbt ihre Mutter. Die Familie wächst dadurch jetzt noch mehr zusammen.
Cindy ist gerade erst 30 Jahre alt geworden, als sie Andreas kennenlernt und sich in ihn verliebt. Sie ist eine offene, fröhliche und schöne junge Frau. Vielleicht war es die berühmte rosarote Brille, die Cindy die Warnsignale übersehen ließ, vielleicht aber konnte sie einfach nicht erahnen, in welch

einen perfiden Plan sie hineingezogen wurde.
Der Mord an Cindy zeigt, wie skrupellos ihre Gutmütigkeit und ihre Zuneigung ausgenutzt und ihr zum tödlichen Verhängnis wurden, denn im Endeffekt war Cindy Monkman einfach nur eine junge Frau, die sich verliebte und sich dafür verantwortlich fühlte, den geliebten Partner bedingungslos zu unterstützen.

KAPITEL 4:
LIEBESKUMMER

In den 70er Jahren hätte George Manuel Bosque alles dafür gegeben, um zur Polizei gehen zu können. Vielleicht ist dies eine Reaktion auf die zahlreichen Umbrüche in diesem besonderen Jahrzehnt, in dem George Nixon in den USA zum Präsidenten gewählt wird dann aber über den Watergate-Skandal stolpert und der Vietnam-Krieg zahllose Tote und Verwundete fordert. Bei den Olympischen Spielen in München werden Geiseln genommen und ein polnischer Priester wird Papst. Andererseits sind die 70er ebenfalls geprägt durch so schillernde Dinge wie die Hippies, Schlaghosen und Plateauschuhe, Bhagwan und das allererste Videospiel namens Pong. Aber es ist auch die Zeit der großen Filmklassiker – wie Apocalypse Now,

Clockwork Orange, Star Wars und der für diese Zeit höchst unkonventionellen Rocky Horror Picture Show.

Der 1955 in Miami, Florida geborene George Manuel Bosque ist in dieser Zeit fasziniert von dem Gedanken, zur Polizei zu gehen und für Recht und Ordnung zu sorgen. Der Teenager kubanischer Abstammung fiebert seinem Schulabschluss entgegen, denn danach kann er sich endlich bei den Ordnungshütern bewerben. Ungewöhnlich für einen jungen Mann in dieser bunten Zeit sind seine erzkonservativen Ansichten, weshalb ihn später jemand sogar als „selbst-ernannten Nazi" bezeichnen wird. Tatsächlich hat George zu dieser Zeit ein großes Problem mit solchen Dingen wie Nacktheit, Homosexualität und der, wie er findet, „Glorifizierung von Rauschmitteln". Er führt sogar regelrecht einen Kreuzzug für seine aus der Mode geratenen Überzeugungen und schreibt Leserbriefe an die Zeitung, in denen er diese Auswüchse aufs Schärfste verurteilt.
Möglicherweise entwickelt sich in dieser Epoche großer, bahnbrechender Filme aber seine spätere Faszination für eben dieses Medium, die noch eine entscheidende Rolle in Bosques Leben spielen wird.
Als George dann endlich seinen Schulabschluss glücklich bestanden hat, startet er sofort mit seinem Vorhaben: die Bewerbung bei den staatlichen

Ordnungshütern. Als sein erstes Gesuch abschlägig beschieden wird, lässt sich Bosque davon nicht verunsichern, es gibt ja noch so viele Polizeidienststellen im Land. Die USA sind groß! Er schreibt und verschickt, schreibt und verschickt – doch es trudeln lediglich Absagen ein. Dass niemand ihn einstellen will, obwohl er doch so sehr für den Job des Polizisten brennt ist ein schwerer Schlag für den durchaus talentierten und begeisterungsfähigen jungen Mann. Irgendwann muss er sich eingestehen, dass ihm hier niemand eine Chance geben wird, so sehr er sich auch anstrengt. Vielleicht ist genau das der Moment, an dem Georges ultrakonservative Überzeugungen den Glanz verlieren und zu bröckeln beginnen. Denn was soll er noch damit, wenn die „normale“ Bevölkerung seine Ambitionen nicht unterstützt? Resigniert nimmt er einen Job als Sicherheitskraft bei dem großen Sicherheitsdienstleister Brink‘s in San Francisco an und wird dort vor allem für Werttransporte eingesetzt, denn näher kann Bosque seinem Traumjob nicht kommen.
Zu dieser Zeit wirft der junge Mann auch plötzlich einige seiner strengen Ansichten überraschenderweise über Bord. Vor allem die Homosexualität scheint ihm mit einem Mal keine Angst mehr zu machen – er verliebt sich in Carl D., den er als die Liebe seines Lebens bezeichnen wird. George blüht in dieser Liebe regelrecht auf. Er fühlt sich wie im Himmel, genießt den Augenblick und das Leben.

Es ist das Ende der 70er im sonnigen San Francisco und George ist zusammen mit seiner großen Liebe. Dem jungen Mann aus Miami schmeckt die große Freiheit, die sich für ihn wie der Himmel auf Erden anfühlt.
Doch dann kommen die 80er und das Glück endet jäh.
1980 macht Carl mit ihm Schluss. Vermutlich die üblichen Floskeln: Es passt einfach nicht, das klappt nicht mit uns zwei, wir sind einfach zu verschieden, blabla. George wird mitten aus seinem persönlichen kleinen Himmel wieder auf die Erde zurückgeschleudert, in die Misere, aus der er gekommen ist. Dort, wo er ein Nichts ist, ein Niemand.
Das ist der Moment, in dem George Bosque ausrastet. Irgendetwas macht „Klick" in seinem Verstand und er dreht regelrecht durch. Später wird er sagen, dass in diesem Moment einfach so unendlich viele verwirrende Gedanken in seinem Kopf rotierten, beinahe wie in einem wilden, verrückten Kaleidoskop und plötzlich ist ihm klar, was er nun zu tun hat, was die einzige Lösung für all seine Probleme ist. Und er geht sofort ans Werk. Bosque funktioniert nun eiskalt und wie eine Maschine.
Die Werttransporte seines Arbeitgebers Brink's sind immer wieder das Objekt krimineller Begierde, doch George gelingt am 15. August 1980 das, was viele nur versuchen. Er klaut seinen eigenen Geldtransporter. Zum Tatzeitpunkt befinden

sich gerade 17 Millionen Dollar in dem gepanzerten Van, Gelder von hawaiianischen Banken, die für die Federal Reserve Bank in San Francisco gedacht sind. Eine Menge Geld, mit dem man eine Menge persönlicher Probleme lösen kann. Womöglich sogar den schmerzlich vermissten Carl zurückgewinnen?

George ist bescheiden, nimmt sich nur zwei Säcke mit 50 Dollar Noten und zwei mit 100 Dollar Scheinen. Dann setzt er sich mit 1,85 Millionen Dollar „Taschengeld“ ab. Seine Spur verliert sich am San Francisco International Airport.

Was dann folgt, hat etwas Irrwitziges an sich: Bei Brink's ist man außer sich über den dreisten Raub. Es wird sogar eine Belohnung von 150.000 Dollar für die Ergreifung des untergetauchten Ex-Kollegen George Bosque ausgesetzt. Einige vermuten, dass der sich nach Südamerika, genauer nach Peru abgesetzt hat. Die Polizei sucht mit Hochdruck nach dem 25-Jährigen, ebenso das Versicherungsunternehmen Lloyd's of London, bei dem die stattliche Summe versichert ist. Alle sind auf der Jagd nach George Bosque – doch niemand entdeckt eine Spur von ihm. Dabei befindet er sich quasi direkt vor ihrer Nase.

Er ist unterwegs quer durch die USA und verjubelt das geraubte Geld dabei mit vollen Händen.

George ist wie entfesselt und lebt wie in einem Rausch, lebt den Augenblick. Jetzt lässt er allen Wünschen und Begierden freien Lauf, die schon immer in ihm schlummerten und die er all die Jahre mühsam kontrolliert hat. Es ist beinahe so, als wäre der Millionenraub das initiale Ereignis gewesen, um den wahren George Bosque ins Leben treten zu lassen. Und der weiß, wie man Feste feiert!

George taucht in Denver, Chicago und Florida auf, vor allem aber ist er in New York zu finden, wo er zu einer Ikone der Underground-Schwulenszene aufsteigt. Kein Wunder, denn Bosque ist ausgesprochen spendabel, lässt andere gerne an seinem neuen Reichtum teilhaben. Wer ihn um Geld bittet, bekommt es mit vollen Händen, von Freunden bis hin zu Wohltätigkeitsorganisationen. Später wird er erklären: „Die meiste Freude hatte ich an dem Geld, wenn ich es mit anderen Menschen geteilt habe."

Sich selbst gönnt Bosque ebenfalls etwas Gutes: Er lebt in exklusiven Penthouse-Suiten, lässt sich in Limousinen, Helikoptern und Kajütbooten herumkutschieren, wenn er irgendwohin muss oder einfach nur Lust auf eine Ausfahrt hat. Ganze 60.000 Dollar gibt er aus, um ein Apartment in Greenwich Village umzustylen. Alles in einem „opulenten Art-Deco-Stil". Wobei er für das Apartment monatlich bereits 1.160 Dollar Miete zahlt. Neben modularen Sitzelementen, die mit Elefantenhaut bezogen sind, schafft er etwa auch einen Esstisch für ganze 10.000 Dollar an.

George genießt die schönen Dinge des Lebens – in

vollen Zügen. Leider gehört auch Kokain zu seiner neuen Lebensweise, nicht nur dann und wann mal eine „Line", sondern in rauen Mengen. Das weiße Pulver ist eigentlich überall dabei, wenn Bosque vor Ort ist.

Irgendwann langweilt ihn die Dauerparty vermutlich. Jedenfalls sucht er sich ein neues Projekt, bei dem er seinen Freunden etwas Gutes tun kann. Und damit wird Bosque in die Annalen der Filmgeschichte eingehen. Denn er investiert einen sechsstelligen Betrag in eine Pornoproduktion. Aber nicht in irgendeinen Porno! Der Schwulen-Porno „Centurions of Rome" ist in nahezu jeder Hinsicht ein Meilenstein. Der schlüpfrige Streifen für Männerphantasien kostet die damals exorbitante Summe von 200.000 Dollar (heute wären das 600.000 Dollar), davon stammen allein 160.000 Dollar aus dem Geldbeutel von George Bosque. Kein Wunder, denn der Kultfilm sprengt jeden Rahmen in diesem Genre durch zahlreiche Superlative: So gibt es diverse detailliert ausgestattete Sets für die Szenen im alten Rom und insgesamt 32 „Darsteller".

Bosque scheint die neue Rolle als Produzent gut zu gefallen, vor allem aber ist ihm wichtig, dass es auch den Leuten am Set gut geht. Deshalb umfasst das Catering nicht nur heiße und kalte Getränks, Snacks und derartiges, sondern auch noch anderes, um sich in die optimale Filmstimmung zu bringen: jede Menge erstklassiges Koks. Gratis, versteht sich. „Centurions of Rome“ wird u.a. in die Geschichte eingehen als der Film, bei dem zum Catering freies Kokain gehörte. Täglich. Ebenfalls täglich erfolgt die Bezahlung der Akteure und der Crew: Auf jeden wartet zum Ende des Tages ein stattlicher Koffer voll Geld. George sei Dank.

Trotz dieser hervorragenden Bedingungen entwickelt sich das Projekt zu einem Desaster. Ein Grund sind die lächerlichen Dialoge, die Bosque höchstpersönlich in letzter Minute vor dem Dreh schreibt und verteilt. Außerdem hat noch keiner der Performer zuvor auf einem Pferd gesessen, weshalb die zahlreichen Reitszenen eher etwas zum fremdschämen sind. Bosque besteht des Weiteren darauf, dass Szenen in einem örtlichen Fisting-Club gedreht werden, einfach nur, weil man ihm dort eine lebenslange kostenlose Mitgliedschaft verspricht.

Noch bevor die Post-Produktion startet, ist George Bosque pleite. Gerade einmal 15 Monate nach seinem sensationellen Coup. Ebenfalls futsch sind seine neuen Freunde, weshalb er schließlich beschließt, nach San Francisco zurückzukehren, um nach seinem geliebten Carl D. zu suchen.

Was er nicht weiß: Sein ehemaliger Lebensgefährte ist in der Zwischenzeit nach Texas verzogen. Dennoch wird Bosque in Frisco sehnsüchtig erwartet. Im November 1981 verhaftet die Polizei ihn dort auf dem Parkplatz eines Supermarktes.

Im Februar 1982 endet das Gerichtsverfahren: Bosque bekennt sich schuldig und wird zu 15 Jahren

Gefängnis verurteilt. 1986 wird er vorzeitig entlassen. Nur 5 Jahre später, ist George Bosque erneut in den Schlagzeilen: Am 1. Juli 1991 wird er tot aufgefunden, vermutlich gestorben wegen einer Überdosis. Denn bis zuletzt bleibt der zu dem Zeitpunkt 36-Jährige seiner wahren Liebe treu: den Drogen.
Für Brink's hat das Ganze einen bitteren Nachgeschmack. Denn das FBI konnte lediglich 20.000 Dollar wiederbeschaffen. In einem Gerichtsverfahren wurde deshalb versucht, sich zumindest die Rechte für „Centurions of Rome" zu sichern – doch als die Fotos aus dem Fisting-Club als Beweismittel auf den Tisch kommen, verzichtete das Unternehmen doch dankend.

KAPITEL 5:
DAS TONBAND

Als nach einer gefühlten Ewigkeit endlich auch das allerletzte Rauschen und Knacksen der Tonbandaufnahme verklungen ist, fühlen sich die Männer, als würden sie aus einem endlos andauernden Alptraum erwachen. Einer legt seine heftig zitternden Hände auf die Oberschenkel, um sich selbst etwas Stabilität angesichts der schrecklichen Aufnahme zu verschaffen. Ein weiterer ringt verzweifelt mit dem Kloß im Hals, ist unfähig einen Ton herauszubringen. Aus seiner Kehle kommt nur ein schwaches Krächzen. Das eben Gehörte ist so unendlich schockierend, so kaltblütig, dass sogar die Detectives die eigene Schwäche und Hilflosigkeit in diesem Moment mit extremer Intensität spüren.

Noch immer hallen die Schreie der Jugendlichen, ihr verzweifeltes Flehen und Winseln, sie doch bitte leben zu lassen, in den Köpfen der Ermittler wieder. Dann Schüsse und Poltern, als sie zu Boden fallen. Erschossen von einem gnadenlosen Jäger, der in der sicheren Dunkelheit auf sie lauert. Ihr Tod ist zu einem surrealen Hörspiel verkommen, man ist live zugegen und kann doch nichts mehr für die Teenager tun. Sie sterben – weil ein Mann Selbstjustiz verübt.

Der 64-jährige ehemalige Sicherheitstechniker des US-Außenministeriums, Byron David Smith, gibt sich am Telefon ausgesprochen höflich und bescheiden, als er am 22. November 2012 bei der Polizei der Belle Prairie Gemeinde in Morrison County, Minnesota anruft. Er möchte einen Einbruch in seinem Haus melden, der am gestrigen Tag passiert ist. Er habe die Polizei am Feiertag damit nicht belästigen wollen. Zwei Menschen sind bei dem Vorfall umgekommen, weil Smith von seinem Recht auf Selbstverteidigung Gebrauch machen musste, wie er gelassen erklärt.
Die Polizisten sind irritiert. Vermutlich ist es weniger die Tatsache, dass der Rentner von seinem Recht Gebrauch gemacht hat, sich vor Eindringlingen in sein Haus zu schützen, als vielmehr die schon beinahe heitere Sachlichkeit, mit der er dies vorträgt. Pflichtgemäß fahren sie zu seinem Anwesen in Little Falls, um sich vor Ort ein Bild

zu machen. Smith erwartet sie schon an der Haustür und führt sie bereitwillig zu den Leichen im Keller, die nebeneinander liegen. Der Rentner entschuldigt sich sogar noch für die Unordnung, als die Ermittler die steile Treppe hinunter und durch die düsteren, leicht muffigen Kellerräume mit den abgewetzten Möbeln führt. Er sei nach der Geschichte noch nicht zum Aufräumen gekommen.

Dann deutet er auf die Körper der Einbrecher und es schwingt fast so etwas wie Stolz in seiner Stimme mit, als er die Polizisten auf sie aufmerksam macht.

Die Männer treten heran – und erstarren augenblicklich vor Schreck. Sie haben größte Mühe zu glauben, was sie hier sehen. Vor ihnen auf dem Boden liegen die toten Körper von zwei Teenagern, die 18-jährige Haile Elaine Kifer und ihr Cousin, der 17-jährige Nicholas Brady Schaeffel. Beides bekannte Gesichter. Doch das, was die ansonsten hartgesottenen Polizisten schockiert, ist ihr Aussehen. Beide sind blutüberströmt, liegen in einer dunklen, zähen Blutlache. Denn sie sind regelrecht durchsiebt von Kugeln. War es tatsächlich Notwehr?

Sheriff Michel W. überlegt kurz, dann geht er zu dem noch immer freundlich lächelnden Smith hinüber – und nimmt den völlig überraschten Mann fest.

Beim Verlassen des Kellers fällt der Blick des Sheriffs auf einen Digital-Audiorecorder nahe eines

Sessels, der von der Treppe aus nicht zu sehen ist. Es ist mehr so ein Bauchgefühl, das den Polizisten veranlasst, diesen Recorder mitzunehmen. Und tatsächlich wird er sich später als bedeutsames Beweismittel entpuppen.

Byron David Smith ist bekannt in Little Falls, ein ehemaliger Sicherheitstechniker der Regierung, der in seiner aktiven Zeit sogar Dienstreisen nach Moskau, Bangkok und Peking unternommen hat. Er lebt alleine in seinem Haus mit dem großen Garten, der viel zu groß ist für eine Person. Vor allem, wenn man nicht mehr der Jüngste ist. Deshalb fragt er im Sommer 2011 einige Jugendliche aus der Nachbarschaft, ob sie nicht Lust und Zeit haben, ihn etwas zu unterstützen und sich so ein paar Dollar nebenbei zu verdienen. Darunter sind die unbekümmerte Haile Elaine Kifer und ihr Cousin Nicholas Brady Schaeffel, vom dem gemunkelt wird, dass er etwas mit Drogen zu tun hat.

Smith ist ausgesprochen freundlich zu den Teenagern: Er lässt sie zwar hart arbeiten, aber holt sie auch in sein Haus, um ihnen etwas zu essen oder zu trinken zu geben. Manchmal unterhält er sich einfach ein wenig mit ihnen. Vermutlich sind es diese gemeinsamen Stunden, durch die Haile und Brady sich einen Überblick über das Innere des Hauses und die Besitztümer von Smith verschaffen können. Vielleicht weckt dies bereits erste Begehrlichkeiten. Durch diese Besuche erfahren Haile und Brady ebenfalls, dass Smith ein wenig verschroben ist in Bezug auf seine Sicherheit. Ein Nachbar wird sein Verhalten später sogar als paranoid bezeichnen. Denn der Rentner fühlt sich offenbar latent bedroht, hat Waffen in seinem Zuhause und installiert später sogar ein Sicherheitssystem. Außerdem hat er sich eine Art „Geheimcode" für die Tür ausgedacht. Nur wer die spezielle Zeichenfolge kennt und klopft, wird eingelassen.

Als Smith im nächsten Jahr Haile und Brady nicht mehr für sich arbeiten lässt, beginnen die Einbrüche in seinem Haus. Später wird der Mann der Polizei erzählen, dass 2012 insgesamt sechs Mal bei ihm vor Thanksgiving eingebrochen wurde. Tatsächlich gibt es Indizien für zwei frühere Einbrüche – allerdings wurden die Taten merkwürdigerweise niemals der Polizei gemeldet. Offenbar sind die Täter vor allem auf der Suche nach Bargeld, denn entwendet werden insgesamt etwa viertausend Dollar in bar, die Kriegsgefangenenuhr von Smiths' Vater, Münzen aus einer Sammlung und eine Kettensäge.

Der Rentner meldet all dies nicht, vermutlich traut er der örtlichen Polizei nicht zu, so etwas effektiv verhindern zu können. Und er beschließt, dass er sich selbst darum kümmern muss. Niemand anders außer ihm ist ansonsten in der Lage, wirklich „mit dem Dreck" aufzuräumen. Zunächst beginnt Smith, in seinem Haus stets ein Holster mit einer geladenen Waffe bei sich zu tragen. Er möchte vorbereitet sein, wenn wieder einmal jemand uneingeladen in seinem Haus erscheint. Außerdem richtet er sich in seinem Keller eine Art „Zentrale" ein. In diesem Basislager deponiert der Sicherheitsingenieur einige Flaschen Wasser und Müsliriegel. Offensichtlich will er vorbereitet sein für den Fall, dass er hier einmal längere Zeit verbringen muss. Vielleicht während er auf etwas oder jemanden wartet …

Die Teenager wissen von all dem nichts, sie ahnen auch nicht, dass Smith ihnen eine von langer Hand vorbereitete Falle stellen will. Denn er hat sie im Verdacht, immer wieder in sein Haus einzusteigen. Und anstatt von den Behörden Gerechtigkeit zu verlangen, will Smith nur noch eins: Rache. Später wird sogar gemutmaßt, dass seine Pläne womöglich noch viel weitreichender waren – und schon das Jobangebot dazu gehörte.

Haile ist ein fröhliches, unbekümmertes Mädchen, das sich gerne etwas Schönes gönnt. Sie will leben und Spaß haben, doch ohne Geld sind die Möglichkeiten beschränkt. Sie ist viel mit ihrem jüngeren Cousin zusammen, der sich die Zeit gerne mal mit Drogen vertreibt. Viel Abwechslung bietet eine US-Kleinstadt für abenteuerlustige Teenager ansonsten nicht. Ist es Langeweile, die Lust auf Nervenkitzel, die sie auf die Idee mit den Einbrüchen bei Smith bringt? Bei ihm kennen sie sich gut aus, wissen, wo etwas zu finden sein könnte, das sich zu Geld machen lässt. Und sie scheinen sich so sicher zu fühlen, dass der Rentner langsam zu so einer Art

„Sparschwein" für sie zu werden droht.

Die Ereignisse an Thanksgiving 2012 laufen mit einer Folgerichtigkeit ab, die kein Hollywood-Drehbuchschreiber präziser hätte entwickeln können.

Alles startet damit, dass Smith sein Haus zu verlassen scheint – er setzt sich in seinen Lastwagen und fährt damit zu einem Nachbarn. Dort parkt er das Auto und macht sich unbemerkt zurück auf den Weg in sein Haus. Hier geht Smith in seinen Keller, dreht alle Glühbirnen heraus und nimmt in dem bequemen alten Sessel Platz, der von der Treppe aus quasi unsichtbar ist in einer dunklen Nische. Bei sich hat der Rentner ein schönes Buch sowie zwei Gewehre. Genügend Essen und Trinken hat er schon lange zuvor hier deponiert. Um sich die Wartezeit zu vertreiben bespricht Smith probeweise den Digital-Audiorecorder, den er von nun an mitlaufen lässt.

Gerade die Sätze, die er sich während des Wartens auf die Einbrecher vorspricht, werden für Sheriff W. später ein wichtiger Beleg dafür sein, dass Smith seine nun folgende Rache von Anfang an bis ins kleinste Detail geplant hat – denn er zeichnet seine spätere Aussage hier schon einmal zur Probe auf!

Doch Haile und Brady wissen nichts von all dem, sie wissen nicht, dass ihnen eine Falle gestellt wird und sie dieses Mal fürchterliche Konsequenzen erwarten. Die Jugendlichen sehen nur, dass Smith wegfährt und sein Haus verlassen ist. Sie halten das

Ganze für eine perfekte Gelegenheit, um wieder einmal die eigene Kasse etwas aufzubessern.

Der 17-jährige Brady schlägt ein Fenster ein und geht als erster ins Haus. Auch in den Keller. Er fühlt sich sicher, hat den Eindruck, dass ihm genügend Zeit bleibt, um in Ruhe nach etwas Nützlichem zu suchen. Es dauert insgesamt 12 Minuten, ehe er die Treppe hinabsteigt – wo Smith im Dunklen geduldig auf den Teenager wartet. Mit einer Waffe in der Hand.

Es ist beinahe so, als würde ein Jäger auf seine Beute warten, denn als Brady auf der Treppe steht feuert der Rentner zweimal auf ihn. Er trifft beide Male. Der Junge sieht seinen Angreifer nicht, sackt schwerverletzt zusammen und fällt die steile Treppe hinunter. Er landet auf dem Bauch, liegt stöhnend, zuckend da. Doch der gnadenlose Jäger kennt kein Erbarmen – Smith schießt ihm mit Präzision und größter Kälte in den Kopf. Erledigt.

Ist es die Freude eines erfolgreichen Jägers, die Smith nun sein totes Opfer verhöhnen lässt? Doch dies währt nur kurz, denn der Mann weiß, dass sich Haile noch irgendwo befindet. Deshalb wickelt er den Jungen in eine Plane und schleppt ihn in einen Nebenraum. Nichts soll dem Mädchen verraten, was sich hier eben abgespielt hat.

Smith setzt sich wieder in seinen Sessel, lädt nach und richtet sich auf eine längere Wartezeit ein. Die ganze Zeit über läuft das Aufnahmegerät und speichert daher auch die Gedanken, die der Rentner

währenddessen äußert. Er sieht die Aktion als eine Maßnahme, um das vorhandene Chaos aufzuräumen. Für ihn ist diese Vergeltungsmaßnahme seine heilige Bürgerpflicht, denn das Strafverfolgungssystem ist nicht dazu in der Lage aufzuräumen. „Ich musste es aufräumen“ scheint die innere Überzeugung des Mannes zu sein, während er auf sein nächstes Opfer wartet – etwa 15 Minuten lang.
Sein Körper erfüllt sich wieder mit eisiger Konzentration, als er oben Haile nach ihrem Cousin rufen hört. Wenige Augenblicke später ist auch das Mädchen auf der Treppe. Sie zögert kurz wegen der Dunkelheit dort unten, aber dann beginnt sie, die Stufen in den Keller hinabzusteigen. In diesem Moment zielt Smith auf sie und schießt. Der Treffer holt Haile von den Füßen, sie fällt die Treppe herunter. Entsetzt schreit sie auf, verzweifelte Ausrufe wie „Es tut mir leid" und „Oh Gott!“ brechen aus ihr heraus.
Doch das beeindruckt den selbsternannten Rächer nicht. Er schießt dem wehrlosen Mädchen, das um Gnade fleht, noch mehrere Male in den Oberkörper, ein Schuss streift ihre linke Schläfe. Doch noch immer ist sie am Leben. Smith genießt es offensichtlich, auch sie zu verhöhnen, ehe er sich Haile über die Schulter wirft und sie im Nebenzimmer auf der Leiche ihres Cousins ablegt. Jetzt gibt er auch seiner zweiten Beute den Fangschuss – direkt unter das Kinn.
Alles wird nicht nur auf dem Audiorekorder son-

dern auch durch die installierten Überwachungskameras aufgezeichnet. Denn Smith glaubt, dass er vollkommen im Einklang mit dem Gesetz gehandelt hat. Er sieht das Ganze schlicht als Notwehrakt, um sich vor potenziell bewaffneten Einbrechern zu schützen.

Doch die Geschworenen werden das Ganze deutlich anders sehen. Der Prozess im Jahr 2014 dauert nicht lange, lediglich 11 Tage. Die Jury benötigt gerade einmal eine dreistündige Beratung, um Byron David Smith schuldig zu sprechen. Laut mehrerer juristischer Gutachten, die sich auf die im Staat Minnesota gültige „Castle Doktrin“ berufen, waren die ersten Schüsse auf die Teenager rechtens. Allerdings gibt es in diesem Fall zahlreiche Indizien, die ebenso eindeutig für Vorsatz und exzessive Gewaltanwendung sprechen. Etwa dass Smith so tat, als würde er wegfahren, und die Polizei nicht über die Einbrüche informierte, weil sie seiner Ansicht nach nicht fähig wären, die geeigneten Maßnahmen zu ergreifen. Also übte er Selbstjustiz. Die Tonbandaufnahmen sind ein weiterer wichtiger Anhaltspunkt für die Jury, die diesen Eindruck untermauern. Der Schuldspruch lautet schließlich: in zwei Fällen Mord ersten Grades mit Vorsatz (vorsätzliche Tötung mit Heimtücke bzw. Grausamkeit) und in zwei Fällen Mord zweiten Grades (vorsätzliche Tötung ohne Heimtücke).

Für Smith ein Fehlurteil, weshalb seine Anwälte noch im selben Jahr beim Obersten Gerichtshof von Minnesota Berufung einlegen. Doch der bestätigt das Urteil zwei Jahre später. Kein Grund für den Mann, seine Sicht auf die Ereignisse an Thanksgiving zu überdenken. Ende 2018 appelliert sein Anwalt an das US-Berufungsgericht in der Hoffnung auf eine erneute Überprüfung des Falls seines Mandanten. Dieser wird zwar stattgegeben, die ausgestellte Beschwerdebescheinigung ist aber kein Freibrief, der die Sicht von Smith gutheißt. Denn die Bescheinigung wurde lediglich deshalb ausgestellt, weil in der vorherigen Verhandlung Formfehler gemacht worden sind. Genauer: Weil der Richter 2014 eine Beeinflussung der Geschworenen durch die Medien fürchtete, schloss er die Öffentlichkeit am Tag 5 aus dem Gerichtssaal aus. Und dies hätte nicht geschehen dürfen.

Ist am Ende tatsächlich ein kleiner Formfehler im Gerichtsverfahren der Grund, der Smith wieder ein Leben in Freiheit ermöglicht?

KAPITEL 6: KINDSTOD

Es ist die Aufschrift auf dem reich verzierten Grabstein einer Kinderruhestätte, die die vorbeigehenden Besucher rührt: „Liebling, wir vermissen dich." Nichts ist schlimmer, als das eigene Kind zu verlieren. Wenn man den Nachwuchs nicht aufwachsen sehen kann, die erste Liebe, den Schulabschluss, die Hochzeit. Aber während man diesen Gedanken vielleicht noch nachhängt, fällt manchen Trauernden noch etwas anderes auf: Der sonnendurchglühte Friedhof von Bovina, Texas hat fünf solcher Grabsteine auf den kargen Grünflächen stehen – und jeder trägt die gleiche Aufschrift: „Liebling, wir vermissen dich."

Diana Lumbrera wird 1958 in Friona, Texas geboren. Als erstes Kind des 25-jährigen Antonio und der 19 Jahre alten Juanita Lumbrera. Sie sind Latinos, die von jeher von den „Weißen“ in den Vereinigten Staaten misstrauisch beäugt werden. Das Leben ist für die Lumbrera-Familie nicht leicht, denn es müssen die Mäuler von insgesamt sieben Kindern gestopft werden. Vielleicht ist Diana besonders liebesbedürftig und benötigt eigentlich dringend mehr Aufmerksamkeit ihrer Eltern, aber als Älteste muss sie schnell vernünftig werden und soll Verantwortung für die Kleineren übernehmen. Doch sie fühlt sich in dieser Rolle unwohl.
So richtig gut geht es Diana nur, wenn sie krank ist, denn dann erhält sie die für sie so lebenswichtige Fürsorge und Aufmerksamkeit, nach denen sie so sehr lechzt. Ist dies das Initialerlebnis, dass das Aufkeimen der Hypochondrie bei dem Mädchen begünstigt? Mit 13 kann Diana jedenfalls bereits perfekt Erkrankungen vorspielen, sodass alle sie bemitleiden. Doch ein gewisses Streben nach Unabhängigkeit und Freiheit, ein starkes Bedürfnis, den eigenen Kopf durchzusetzen und die eigenen Bedürfnisse zu befriedigen, führt schließlich dazu, dass Diana aus der Schule geworfen wird.
Antonio und Juanita, die vom sozialen Aufstieg träumen, wie jeder in den USA, sind entsetzt und machen dem Teenager Vorwürfe. Das pubertierende Mädchen hat schnell genug davon und will

einfach nur weg von Zuhause – kurzerhand heiratet sie mit 14 Jahren den ebenfalls erst 18-jährigen Rodolfo Carrillo. Ihre Eltern geben ihr Einverständnis, sie sind schlicht froh, das völlig aus der Spur laufende Mädchen loszuwerden. Und auch Rudolfo kapituliert bereits ein Jahr später und verlässt Diana.

Doch das ist der Moment, an dem ihr Schicksal die entscheidende Wende nehmen wird. Denn 1974 begegnet sie Lionel Garza. Dem Mann, der der Vater ihrer ersten Kinder sein wird und den sie später heiratet.

Als Erstes wird Melissa geboren, die Tochter, in der sich Diana möglicherweise wiedererkennt. Sie liebt das Mädchen innig, will sich gar nicht von ihr trennen. Alle um sie herum sind gerührt und beeindruckt, wie ausgerechnet ein früher so wildes Mädchen zu so einer wunderbaren, umsorgenden Mutter werden konnte. Obwohl Diana bei der Geburt erst 16 Jahre alt ist, schlüpft sie nahtlos in die Rolle der liebevoll-zärtlichen Mutter, die ihrem Nachwuchs jeden Wunsch von den Augen abliest und das Kind vergöttert.

Niemand ist überrascht, dass Lionel und Diana schnell das nächste Kind bekommen. Ein gutes Jahr später erblickt Joanna in Friona, Texas das Licht der Welt. Ein bildhübsches Mädchen, um das alle die stolzen Eltern beneiden. Diana tut alles, um der verdoppelten Verantwortung gerecht zu werden. Und obwohl die Betreuung eines Säuglings und eines Kleinkindes, das gerade laufen lernt, eine echte Herausforderung darstellt, hört niemand von ihr ein böses Wort. Die junge Frau geht ganz in ihrem Mutterglück auf.

Bis zu den Ereignissen vom 30. November 1977, denn hier erschüttert ein schwerer Schicksalsschlag die kleine, heimelige Familienwelt von Diana und Lionel, die beide glücklich zusammenleben, obwohl eine Ehe ohne Trauschein zu dieser Zeit noch immer etwas Anstößiges hat. Vor allem im konservativen Texas.

Die Ärzte und Krankenschwestern in der Notaufnahme unterbrechen für einen Moment ihre Arbeit, als die schwere Eingangstür aufspringt und die vollkommen aufgelöste, laut schluchzende zierliche Frau hereinrennt. In ihren Armen hält sie ein kleines Bündel, das sie eng an sich drückt. Ein Säugling offenbar. Sie schreit, weint und fleht um Hilfe. Joanna, ihre geliebte Joanna hat aufgehört zu atmen! Sie hatte zuvor Krämpfe und man müsse ihr helfen! Das Krankenhaus-Personal reagiert übergangslos und blitzschnell. Tatsächlich! Der 3 Monate alte Säugling ist leblos, atmet nicht mehr. Sofort wird alles für eine Reanimation arrangiert. Alle beten, dass es noch nicht zu spät ist! Wieder und wieder starten sie mit den Wiederbelebungsversuchen – und noch einmal. Im Hintergrund weint und schluchzt die verzweifelte junge Mutter. Doch obwohl die Ärzte und Schwestern ihr Bestes geben, müssen sie irgendwann einsehen, dass

sie hier nichts mehr ausrichten können. Langsam wenden sich ihre grauen, erschöpften Gesichter der Mutter zu, der Arzt schüttelt den Kopf. Zu spät.
Übergangslos beginnt Diana wieder zu schreien – dieses Mal vor Schmerz und Zorn. Sie häuft Anklage über Anklage gegen die Helfer, beschuldigt diese, es einfach nicht intensiv und lange genug versucht zu haben. Sie hätten ihr Baby einfach sterben lassen! Obwohl einige Krankenschwestern die Frau, die außer sich ist, beiseite nehmen und ihr erklären, dass der „Plötzliche Kindstod" leider immer mal wieder vorkommen kann, beruhigt sich Diana Lumbrera nur schwer. Ihr offensichtliches, tiefes Leid geht allen zu Herzen.
Ein Pathologe bestätigt nachher, dass es sich um einen Erstickungstod gehandelt hat, der sich aus den vorhergehenden Krämpfen ergeben hat. Damit schließt er die Akten, eine Autopsie wird nicht durchgeführt.
Noch im gleichen Jahr geht Lionel Garza mit Diana Lumbrera den Bund der Ehe ein. Auch er hat unter dem Erstickungstod seiner kleinen Tochter sehr gelitten. Vielleicht ist die Heirat sein verzweifelter Versuch, etwas wiedergutzumachen, die ständigen Streitereien mit Diana zu beenden. Den Rest seiner kleinen Familie zusammenzuhalten. Allmählich geht es Diana wieder etwas besser und es ist ihr langsam möglich, erneut am Leben teilzunehmen. Jedenfalls bis zum 10. Februar 1978.
An diesem Tag erscheint die junge Frau erneut im

Krankenhaus, nun in Bovina – dieses Mal trägt sie ihren gerade einmal zwei Monate alten Sohn Jose auf dem Arm. Er hat schwere Krämpfe bekommen, dann stockte sein Atem, erzählt sie den Ärzten und fleht sie an, ihren Jose zu retten. Sie kann es nicht ertragen, wenn er nicht mehr lebt! Dieses Mal zeigt das Kind noch schwache Lebenszeichen und tatsächlich gelingt in diesem Fall die Wiederbelebung des Säuglings, alle können ihr Glück kaum fassen. Um Komplikationen auszuschließen und die Ursache der Krämpfe zu finden, wird der kleine Jose auf die pädiatrische Intensivstation nach Lubbock verlegt. Doch hier kann niemand etwas Ungewöhnliches entdecken, sämtliche Daten deuten darauf hin, dass er kerngesund ist.

Erst am 13. Februar ertönt erstmals ein Alarm an seinem Bettchen. Die Kinderkrankenschwester läuft sofort zu Jose – nur um zu sehen, wie Diana sich gerade wieder von seinem Kinderbett zurückzieht. Auch am Nachmittag geht es ihm nach Angaben des Klinikpersonals eigentlich gut, jedenfalls bis Diana ihren Mann anruft und ihm berichtet, sein Sohn läge im Sterben. Um kurz nach 18:30 Uhr verstirbt der Säugling tatsächlich und man sieht kurz darauf seine Mutter unter Tränen aus dem Zimmer rennen. Noch immer schöpft niemand einen Verdacht, vielmehr bedauern alle die arme Frau, die so sehr leiden und so vieles ertragen muss.

Gerade einmal 8 Monate später tragen sich ähnliche Szenen wie die bereits bekannten zu – nun im Gemeindekrankenhaus von Bovina. An diesem Tag steht sie mit ihrer Erstgeborenen Melissa, die inzwischen drei Jahre alt ist, in der Notaufnahme und ruft um Hilfe. Dieses Mal ist das Kind in ihren Armen erneut bereits tot und die Wiederbelebung kann dies nicht ändern. Wieder schildert Diana mysteriöse Krampfanfälle als Auslöser für das Ersticken, laut der Pathologen sei das Kind an verschlucktem Erbrochenem erstickt.

1979 lässt sich Diana von Lionel scheiden. Für einige sieht es so aus, als wollte die junge Frau so endlich ihr Unglück beenden. Später soll es auch heißen, dass sie sehr abergläubisch war und an Flüche und böse Geister glaubte. Eine Bekannte berichtet sogar, dass ihre Schwiegermutter die arme Diana verflucht habe und die davon überzeugt war, dass ihr deshalb so viel Schlechtes widerfährt.

In den kommenden 7 Jahren wird Diana noch 3 weitere Kinder bekommen – und verlieren. Keines dieser Kinder wird alt genug, um einen Kindergarten von innen zu sehen. Stets ist die Rede von mysteriösen Krämpfen, die für den Erstickungstod verantwortlich sein sollen. Und alle bedauern die arme Mutter.

Schließlich sind sogar die Kinder ihrer Verwandten nicht mehr sicher – breitet der Fluch der Schwiegermutter sich womöglich aus und zieht immer weitere Kreise? Am 8. Oktober 1980 verstirbt die gerade einmal 6 Wochen alte Tochter eine Cousine – erneut aufgrund von Krämpfen. Und noch immer schöpft niemand Verdacht.

Insgesamt kommen 7 Kinder zu Tode, das älteste ist gerade einmal vier Jahre alt. Und ausgerechnet dieses wird der Endpunkt dieser schrecklichen Serie von Todesfällen sein. Erst jetzt schaltet man im Krankenhaus die Polizei ein – und als diese endlich die Ermittlungen aufnimmt, tritt die Wahrheit zutage. Eine Wahrheit, an die noch heute viele Verwandte und Bekannte von Diana Lumbrera nicht glauben wollen.

Jose Antonio wird 1986 geboren. Er allein schafft es, 4 Jahre und 3 Monate zu überleben. Dann erleidet auch er die üblichen Krämpfe und wird bereits tot von seiner Mutter in ein Krankenhaus gebracht. Vorgeblich, damit er dort reanimiert wird. Doch dieses Mal ist das Glück Diana nicht mehr gewogen, dieses Mal wird jemand misstrauisch.

Der Grund: Bereits am Tag zuvor wurde sie mit Jose Antonio bei einem Kinderarzt vorstellig, tischt ihm ihre übliche Geschichte auf. Der stellt ein Rezept für ein Antibiotikum aus, das allerdings niemals eingelöst wird, wie sich im Laufe der Ermittlungen herausstellt. Dieser Besuch und zahlreiche andere Termine bei Kinderärzten werden später als eindeutiges Indiz dafür gewertet, dass Diana ihre Taten von langer Hand und gründlich vorbereitete, um potenziellen Verdächtigungen von vornherein entgegenzuwirken.

Doch beim Tod von Jose Antonio zieht endlich ein misstrauischer Krankenhausangestellter die richtigen Schlüsse und alarmiert die Polizei. Der zuständige Detective startet mit einer Befragung von Diana und beginnt dann, die Ereignisse der vergangenen Jahre zu sammeln und aufzulisten. Als er seine Notizen schwarz auf weiß vor sich sieht, wird der Mann starr vor Entsetzen. Kann es sein? Ist diese Frau, die ihren Unterhalt als Fleischverpackerin verdient, wirklich mehr Monster als Mutter?

Nun beginnen auch die Bezirke Palmer, Lubbock und Castro zu ermitteln. Dabei stellt sich heraus, dass für jedes der verstorbenen Kinder eine Lebensversicherung abgeschlossen worden war – in einer Höhe von 3000 bis 5000 Dollar, für Melissa wurde der Betrag sogar noch kurz vor deren Tod aufgestockt. Eine Menge Geld für eine Latina in dieser Zeit. Die auch sonst umtriebig ist, denn die Staatsanwaltschaft soll ebenfalls herausfinden, dass die Mutter Unglücksgeschichten über eine angebliche Leukämieerkrankung von Jose oder den Tod seines Vaters erfunden hat, um über ihren Arbeitgeber und den Beamten einer Kreditgenossenschaft ein Darlehen über 850 Dollar zu erhalten. Alles nur wegen Geld?

Gegen Diana spricht außerdem, dass niemand außer ihr jemals die angeblichen Krampfanfälle ihrer Kinder gesehen hat.

In Garden City, Palmer County, Lubbock County sowie Castro County wird Lumbrera schließlich wegen Mordes an ihren eigenen Kindern und an der Tochter ihrer Cousine angeklagt. Die erste Verur-

teilung erfolgt nach nicht einmal einer einstündigen Beratung der Jury. Lebenslang. Dann fliegen die Texas Ranger die mörderische Mutter weiter zum nächsten Prozess – und wieder weiter. Am Ende erhält Diana Lumbrera, die vermutlich an einer besonders schlimmen Variante des sogenannten Münchhausen-Stellvertreter-Syndroms litt, insgesamt dreimal lebenslänglich.
Ihre Tante Elodie beteuert dennoch: „Sie war eine liebevolle Mutter und sie kümmerte sich um diese Kinder."

KAPITEL 7: DIE VERTRETUNG

Die Stadt Dixon im Bundesstaat Illinois ist etwa 150 Kilometer von Chicago entfernt. Sie ist eine dieser typischen amerikanischen Kleinstädte. Hier ticken die Uhren anders. Bei gerade einmal 16.000 Einwohnern kennt quasi auch jeder jeden, etwa aus der Schule oder von der Arbeit, weshalb hier im Umgang miteinander das eigene Bauchgefühl das entscheidende Kriterium ist, um Menschen zu beurteilen. So auch bei Rita Crundwell, die alle als angenehme, bescheidene und verlässliche Frau sahen.

Dixon ist stolz darauf, die Geburtsstadt des US-Prä-

sidenten Ronald Reagan und vom Traktorhersteller John Deere zu sein. Poetisch bezeichnet man den Ort auch als die „Petunien-Hauptstadt“.
Eine ähnliche freundliche Unbedarftheit bestand in Dixon auch hinsichtlich der Verwaltung. Anstatt ein Stadtratsystem zu haben mit Kontrollmechanismen und einer Aufgabenteilung, setzte man hier seit jeher auf die Ehrlichkeit der Bürger, die sich zur Wahl stellten. Die Stadtregierung bestand lange Zeit aus einem Teilzeit-Bürgermeister sowie vier Stadträten, die für die unterschiedlichen Ressorts zuständig waren. Wobei meist weniger Wert auf fachliche Kenntnisse gelegt wird, als darauf, dass derjenige „ein netter Kerl“ ist. So kamen pensionierte Lehrer, Sporttrainer, Immobilienmakler und andere ehrenwerte Bürger zum Zuge. Von Verwaltung oder einer Buchhaltung hatten die meisten eher weniger Ahnung.
Tatsächlich hatte Dixon lange Zeit etwas durchaus Naives, es herrschte die Einstellung, dass alle Menschen gut sind und sich gegenseitig auch nur Gutes wollen. Jedenfalls bis zu dem Tag, als durch einen riesengroßen Zufall herauskommt, dass in der Stadtkasse 53,7 Millionen Dollar fehlen.

Rita Crundwell, geborene Humphrey, kommt im Jahr 1953 zur Welt, als eins von sechs Kindern einer fleißigen Arbeiterfamilie. Allerdings zeichnet eins Ray und Caroline Humphrey aus: die Liebe zu Pferden. Genauer, zu Quarter Horses, einer typischen Westernpferderasse, die auf einer Viertelmeile (Quarter) eine immense Geschwindigkeit entwickeln. Es gelingt den Humphreys sogar, auf regionalen Schauen ein paar Preise für die selbstgezüchteten Pferde zu gewinnen.

Diese besondere Liebe zu den Quarter Horses ist es, die Rita Crundwell ihr Leben lang antreiben wird. Ihr Traum wird es sein, aus der bescheidenen Zucht auf der Familienfarm etwas von besonderer Bedeutung zu schaffen.

Als der Teenager mit 17 ein Praktikum bei der Stadtverwaltung von Dixon absolviert, stellt Rita fest, dass ihr dies ebenfalls Spaß macht und liegt. Anstatt zu studieren, tritt sie nach ihrer Highschool eine Vollzeitstelle bei der Stadt an. Die junge Frau ist clever, tüchtig und engagiert, sie arbeitet sich schnell in die Thematik ein und entwickelt sich so allmählich zum Herz der Finanzverwaltung. Alle sind voll des Lobes über Rita, die die Materie in kürzester Zeit perfekt beherrscht, immer freundlich und zuvorkommend ist und in jeder Lebenslage gerne mit Rat und Tat zur Seite steht. Im Jahr 2011 wird das ehemalige Stadtratmitglied und Leiter des Finanzressorts Roy B. über sie sogar hochachtungsvoll sagen: „Sie ist eine Bereicherung für die Stadt, sie sorgt sich um das Stadtbudget, als wäre es ihr eigenes."

In ihrer freien Zeit betreibt Rita weiterhin intensiv die Pferdezucht. Als sie in ihren Zwanzigern ist, kann sie schon erste Erfolge bei Zuchtschauen er-

ringen, später wird man die Frau aus Dixon sogar als „Königin der Pferde" betiteln.
Aber zunächst geht es beruflich voran: Mit 33 wird sie zur Rechnungsprüferin und Finanzverwalterin von Dixon – sie hat einen exzellenten Leumund und erscheint als perfekt für die vakante Stelle. Privat läuft es ebenfalls hervorragend, denn zwei Jahre später gewinnt sie die Meisterschaft der Quarter Horses in Indiana und kurz darauf sogar in Texas. Doch dies ist erst der Beginn ihres kometenhaften Aufstiegs in der Pferdezüchterszene!
In den folgenden Jahren vergrößert Rita ihr Gestüt von ein oder zwei dutzend Pferden auf mehrere hundert. Sie kauft stattliche Ländereien hinzu, nimmt umfangreiche Umbauten vor. Außerdem erwirbt sie eine weitere Farm in Wisconsin, die ihr Lebensgefährte leitet. Darüber hinaus baut sie das geerbte Einfamilienhaus um – in eine 325 Quadratmeter große Luxusbehausung mit Swimming Pool, kauft extravagante Kleidung und Schmuck sowie ein Luxus-Wohnmobil mit Marmorarbeitsflächen, Kachelböden und sage und schreibe fünf Fernsehern. Damit fährt die „Königin der Pferde" zu den Zuchtschauen, wo sie ihre Auftritte hat und jeder sie kennt und verehrt – mit dabei zahlreiche Assistenten in einer Flotte von gleichfarbigen Wagen. Insgesamt 52 Weltmeisterschaften kann Rita Crundwell mit ihren Pferden gewinnen. Ohne sie geht bei den Quarter Horses nichts mehr.
Von all dem ahnt man in Dixon nichts, nur dann

und wann wird in den regionalen Zeitungen eine kleine Notiz über die Erfolge von Crundwell veröffentlicht. Noch immer arbeitet sie hier in ihrem bescheidenen Job in der Finanzverwaltung für ein Salär von gerade einmal 80.000 Dollar im Jahr. In der Stadt vermutet man, dass Rita anfangs eine große Erbschaft gemacht hat und so ihren Lebensstil zunächst finanzierte. Später gehen die Bürger davon aus, dass die Pferdezucht so einträglich läuft. Denn irgendwann bleiben auch ihnen Rita Crundwells züchterische Erfolge nicht verborgen.
Weil sie zunehmend mehr Zeit auf Schauen verbringt, lässt sie sich immer mal wieder von ihrer Arbeit freistellen. Sie bietet sogar an, für diese Zeit auf ihr Gehalt zu verzichten, was wohlwollend bemerkt wird. Außerdem ist Rita auch auf Tour stets erreichbar per E-Mail oder Telefon, falls Fragen in der Verwaltung auftauchen.
Alles sieht danach aus, als wäre sie eine Mitarbeiterin, wie man sie sich nur wünschen kann.
Aber sie muss auch unliebsame Entscheidungen treffen: Als 2008 die globale Finanzkrise einsetzt, trifft es Dixon hart. Der Stadtsäckel ist nahezu leer, Zahlungen aus Steuereinnahmen durch den Bundesstaat Illinois lassen auf sich warten. Crundwells Analysen legen klar dar, dass drastische Kürzungen das einzige Mittel sind, damit Dixon weiterbestehen kann. Zahlreiche Leistungen werden gestrichen, ein Drittel der Mitarbeiter der Abteilung für Straßenunterhalt werden entlassen. Die anderen

Angestellten erhalten für wenigstens 3 Jahre keine Gehaltserhöhung. Ja, es wird sogar eine Spendenaktion der Bürger nötig, damit es weitergehen kann. Ritas persönlicher Lebensstil wird von all dem erstaunlicherweise gar nicht beeinträchtigt. Doch noch bröckelt ihre Fassade nicht, niemand kommt auf die Idee, dass Rita der Grund ist, warum es der Stadt und den Bewohnern so schlecht geht.
Im Jahr 2011, die Finanzkrise ebbt inzwischen ab, ist Crundwell wieder einmal unterwegs, als ihre Abwesenheitsvertretung durch Zufall über ein merkwürdiges Detail stolpert. Kathe S. ist Stadtschreiberin und eine von gerade einmal drei Verwaltungsbeamten. Sie will den monatlichen Kassenbericht vorbereiten und stellt fest, dass von der Fifth Third National Bank für ein spezielles Konto noch keine Auszüge vorliegen. Als S. auf ihre schriftliche Nachfrage keine Rückmeldung erhält, ruft die Stadtschreiberin leicht verärgert bei der Bank an und fordert, dass man ihr einen Auszug für jedes Konto der Stadt dort schicken solle.
Als ihr die Unterlagen endlich vorliegen und sie in Ruhe die Posten durchgeht, wird die Verwaltungsbeamtin stutzig. Von einem Konto namens „Investitionsreserven Kanalisation" hat sie noch nie gehört. Vielleicht schaut sie deshalb genauer hin und stellt erstaunt fest, dass auf diesem Konto immer wieder erstaunlich hohe Beträge eingehen, im sechsstelligen Bereich sogar! Doch dann entdeckt Kathe S. das Merkwürdigste: Offensichtlich

lässt jemand Ausgaben, die er mit seiner persönlichen Kreditkarte macht, von diesem städtischen Konto abbuchen. Sie findet Einzüge von Tankstellen, Kaufhäusern und noch einiges mehr. Als Kathe S. den Namen des Karteninhabers liest, setzt ihr Herz einen Schlag aus – Rita Crundwell.

Völlig schockiert behält die Stadtschreiberin die Angelegenheit erst einmal für sich. Weiß nicht, was zu tun ist. Schließlich sitzen die beiden dicht an dicht bei der Arbeit zusammen. Sie schaudert bei dem Gedanken, was Crundwell getan hat, und vermutet zunächst, dass diese das geheime Konto für ihre Pferdezucht nutzt. Einige Tage später zieht Kathe S. den Bürgermeister James B. ins Vertrauen, der ebenfalls vollkommen entsetzt ist. Beide beschließen in ihrer Hilflosigkeit, das FBI einzuschalten.

Dort bittet man die beiden, vorerst nichts von ihrem Verdacht an die Öffentlichkeit dringen zu lassen und ermittelt erst einmal in dem Fall – sechs Monate lang. Doch dann liegen die Fakten auf dem Tisch und das ganze Ausmaß von Rita Crundwells Willkür tritt klar zu Tage. Nun ist es Zeit zu handeln, beschließt man beim FBI.

Am Dienstag, den 17. April 2012 betreten die Beamten unauffällig das Rathaus von Dixon und gehen direkt zu Bürgermeister B. Dieser ruft Rita Crundwell in sein Büro und lässt sie mit den FBI-Agenten allein. Ganze zwei Stunden dauert die Vernehmung, an deren Ende die „Königin der Pferde“

das Rathaus in Handschellen verlässt – und nie wieder betreten wird.

Das Gerichtsverfahren ist erstaunlich schnell, vielleicht eine Reaktion auf das Entsetzen der Bürger, dass so etwas überhaupt möglich war. Am 14. November 2012 bekennt sich Crundwell schuldig des Überweisungsbetrugs, wohl um Schlimmeres zu verhindern, und wird zu 19 Jahren und 7 Monaten Haft verurteilt.

Im Rahmen dieses Verfahrens tritt das ganze Ausmaß ihrer betrügerischen Umtriebe ans Tageslicht, denn es handelt sich um den bislang größten Fall von veruntreuten Gemeindegeldern. Im Durchschnitt hat Rita Crundwell über mehr als zwei Jahrzehnte jährlich rund 2,5 Millionen Dollar pro Jahr unterschlagen – in einer Stadt, die jährlich gerade einmal Einnahmen im Umfang von 8-9 Millionen Dollar hat.

Ganze 22 Jahre lang, zwischen 1990 und 2012, bereichert Crundwell sich auf Staatskosten, indem sie insgesamt 53,7 Millionen Dollar von Stadtkonten auf das von ihr zu diesem Zweck eingerichtete geheime Kanalisationskonto überwies. Anfangs nur kleine Beträge, doch zum Schluss wurden die Summen immer höher. Ihre Methode war eigentlich ganz simpel: Crundwell verbuchte der Stadt Dixon zustehende Steuereinnahmen auf einen tatsächlich bestehenden Fonds für öffentliche Investitionen. Dann erstellte sie Rechnungen für ein erfundenes Investitionsprojekt, den Aus-

zahlungsbetrag zahlte sie per Scheck auf ihrem geheimen Konto ein. Rita Crundwell stellte also nicht existierende Projekte in Rechnung und zahlte sich dann das Geld aus. Als Finanzverwalterin darf sie alle Zahlungsanweisungen selbst unterzeichnen und zugleich auch zur Zahlung freigeben. Niemand kontrolliert sie.
Die insgesamt 177 Rechnungen waren übrigens allesamt miserable Fälschungen mit Tippfehlern, es fehlten Kontaktdaten und ebenso das obligatorische Wappen des Bundesstaates Illinois. Hätte jemand ernsthaft einen Blick darauf geworfen, dann hätte dies eigentlich sofort auffallen müssen. Doch das ist niemals geschehen, weder durch die von der Stadt beauftragten Wirtschaftsprüfer von Clifton Gunderson, noch durch die kleine Buchhaltungsfirma, die später die Revisionen übernahm. Allerdings sollte sich auch herausstellen, dass Rita Crundwell einen sehr guten persönlichen Kontakt zu Clifton Gunderson unterhielt, sie spielte sogar im firmeneigenen Softballteam mit. Ihr persönlicher Buchhalter, der ihre Steuererklärungen erstellte und die durch die Pferdezucht erzielten Einnahmen verwaltete, war wiederum bei Clifton Gunderson in Lohn und Brot ... Und für die Schlamperei der Wirtschaftsprüfer stellten die der Stadt Dixon sogar noch 1 Million Dollar in Rechnung.
Im Oktober 2012 wurde gegen Clifton Gundersen, die kleine Buchhaltungsfirma sowie die Bank Klage erhoben. Das Gericht sprach Dixon Insgesamt 40

Millionen Dollar Schadensersatz zu. Durch die Versteigerung von Crundwells Pferden sowie den Verkauf ihrer Immobilien und Wertgegenstände konnten gut 12 Millionen Dollar erzielt werden, die die Stadt ebenfalls erhielt.

Als Reaktion auf diesen unglaublichen Wirtschaftsbetrug entschieden sich die Bürger von Dixon auf einer Stadtversammlung im Jahre 2016, endlich ein transparentes Verwaltungssystem mit funktionierenden Kontrollinstanzen einzurichten.

Die gestürzte Königin der Pferd begann nach dem Verfahren hartnäckig zu schweigen.

KAPITEL 8:
DER PREDIGER

Als der Mitarbeiter in den Notrufzentrale um 0:43 Uhr den eingehenden Anruf entgegennimmt, hört er erst nur mit einem halben Ohr zu. Er ist müde, die Nachtschicht ist immer lang und anstrengend. Doch irgendetwas ist in der Stimme in der Telefonleitung, die ihn aufhorchen lässt. Sie klingt wohlmoduliert, voll und kräftig – aber ein Unterton schwingt mit, der latente Panik verrät. Höflich stellt der Anrufer sich als Walter Railey vor. Auf die Frage des Servicemitarbeiters, was los ist, kommt als Antwort: „Oh, ich bin gerade eben nach Hause gekommen und meine Frau ist in der Garage … Jemand hat ihr was angetan."

Den Mann in der Notrufzentrale durchzuckt es bei

diesem Satz eiskalt. Er ist lange genug dabei um zu ahnen, dass hier etwas Furchtbares passiert sein muss. Deshalb vergewissert er sich noch einmal und hakt nach: „Wurde sie zusammengeschlagen oder was ist passiert?“ Seine Finger zucken bereits in Richtung Notfallknopf. Und es ist die richtige Ahnung, denn die Antwort des Anrufers bringt die fürchterliche Gewissheit: „Ich weiß nicht ... Sie schäumt aus dem Mund oder so ...“
Der Wachleiter reagiert sofort, denn hier kämpft jemand mit allerletzter Kraft um sein Leben!

Im Jahr 1987 ist Reverend Walker Railey bereits eine nationale Berühmtheit, der Shooting Star der evangelischen Kirche in den USA. Er predigt sogar im Radio, veröffentlicht Bücher und gilt als heißer Kandidat für die Bischofswahl im Jahr 1988. Damit wäre er der jüngste Bischof in Amerika. Mit seinen mitreißenden Predigten füllt er die Kirchensäle und immer mehr Menschen entdecken ihren Glauben und treten der Gemeinde in der Innenstadt von Dallas bei. Dabei stammt der mittelgroße, bereits kahl werdende Mann mit den stahlblauen Augen aus einfachen Verhältnissen: Der Sohn eines Blecharbeiters wächst unter unschönen Bedingungen auf, seine Eltern sind Alkoholiker und vernachlässigen den Nachwuchs daher häufig.
Dennoch schafft er es durch eine immense, ihm innewohnende Energie und Hartnäckigkeit, sich zu einem bewundernswerten Prediger zu entwickeln.

Um den hohen Erwartungen gerecht zu werden, feilt er schließlich bis zu 35 Stunden an einer Predigt und hat einen Stab von 65 Assistenten um sich herum. Manche Kollegen beginnen zu fürchten, dass Railey anfängt, sich für die Stimme Gottes zu halten. Immer wieder wird ihm geraten, sich psychologische Hilfe zu suchen, um mit dem steigenden Stresspegel umgehen zu können.

Vermutlich ist das in ihm schwelende heftige Temperament die unvermeidliche Kehrseite seiner Energie. Je stärker er beruflich unter Stress gerät, desto deutlicher tritt seine cholerische Seite zutage. Bereits die kleinsten Anlässe können einen heftigen Ausbruch hervorrufen, etwa wenn die Beleuchtung im Gotteshaus nicht stimmt. Doch während viele Choleriker sich nach ihren Ausbrüchen entschuldigen, geht Walker Railey anscheinend einfach zur Tagesordnung über. Ja, es wirkt sogar so, als empfinde er eine Art eisige Befriedigung danach.

Ganz anders ist seine 38 Jahre alte Ehefrau Peggy. Die zurückhaltende Frau ist ein musischer Mensch, sie singt im Kirchenchor und spielt die Orgel absolut virtuos, dort lebt sie sich aus.

Das ungleiche Paar hat zwei gemeinsame Kinder: den fünfjährigen Ryan und die zwei Jahre alte Megan.

Dallas ist bekannt dafür, dass hier die bestbezahlten Prediger der ganzen Nation arbeiten, immerhin kann die Stadt stolz 1.200 Kirchengemeinden

vorweisen. Und auch Walker Railey verdient ansehnliche 100.000 Dollar im Jahr. Als Pfarrer Railey die ersten Drohbriefe im März 1987 erhält, vermuten zunächst alle, dies sei eine Reaktion auf seine Rassismuskritik. Denn er prangert in seinen Reden immer wieder soziale Missstände an. So schreckt er nicht davor zurück, die Todesstrafe zu verurteilen, plädiert für die Gleichberechtigung der Geschlechter, thematisiert eine Ambivalenz hinsichtlich von Abtreibungen und setzt sich sogar für die Rechte von Homosexuellen ein.
Den vorläufigen Höhepunkt in Sachen Drohbriefe setzen die mysteriösen Zeilen am Ostersonntag, in denen der Untergang des Predigers prophezeit wird. Dieser Ostersonntag ist tatsächlich auch in anderen Belangen ein bedeutsamer Tag, denn unter den Zuhörern ist nicht nur Peggy Railey und lauscht ihrem Mann, sondern direkt neben ihr sitzt Lucy P., eine Frau, die eine besondere Bedeutung für die Eheleute besitzt. Immerhin ist die gutaussehende blonde Psychologin und Tochter von Raileys großem Vorbild, dem Bischof Bob Goodrich, seine Geliebte. Einige in der Gemeinde ahnen, dass eine Beziehung zwischen den beiden besteht – doch was weiß Peggy? Ist sie völlig ahnungslos oder ist ihr bewusst, dass sie an diesem Tag direkt neben ihrer Nebenbuhlerin sitzt? Vielleicht nimmt in diesem Moment die Sorge um das Leben ihres Mannes und Vaters ihrer Kinder zu viel Platz ein, um Zweifeln und Gerüchten noch Raum geben zu können.

Doch heute geht alles gut, alles bleibt ruhig. Niemand ahnt, dass sich nur zwei Tage später, in der Nacht des 22. April 1987 die Ereignisse überschlagen werden.

Kurz nach Mitternacht, genauer um 0:43 Uhr, geht dann bei der Polizei der Notruf ein. Ein Mann bittet dringend um Hilfe, denn „jemand hat ihr etwas angetan". In der Leitung ist Reverend Walker Railey, der seine Frau Peggy in der Garage gefunden hat. Ohne Bewusstsein. Als man genauer nachfragt, was mit ihr ist, erklärt er, dass sie Schaum vor dem Mund habe. Offensichtlich ist der sonst so redegewandte Mann mit dieser Situation komplett überfordert. Denn vor ihm auf dem Boden liegt seine Ehefrau, deren Körper aufgrund von schweren Gehirnschädigungen konvulsisch zuckt.

Außerdem ruft Walker John und Diane Y. an, gute Freunde der Familie. John ist zudem ein wichtiger Mentor. Dann sieht er nach seinen Kindern, doch diese sind wohlbehütet im Haus, haben von der Sache in der Garage zum Glück nichts mitbekommen. Megan liegt vor dem Fernseher, während Ryan tief und fest schläft.

Die Rettungssanitäter sind schockiert von Peggys Zustand, als sie schließlich vor Ort eintreffen. Ihr Gesicht ist bläulich verfärbt und angeschwollen, ihr Genick ist gebrochen. Offensichtlich hat jemand sie mit extremer Brutalität gewürgt. Aber das Seltsame ist: Es sind keinerlei Zeichen für einen heftigen Kampf zu finden, wie sie bei einem Angriff von einem Unbekannten zu erwarten wären. Die Brille befindet sich immer noch auf Peggys Nase, ihre Frisur ist ordentlich und nicht zerzaust. Schon an dieser Stelle taucht das erste Mal ein schlimmer Verdacht auf: Kannte sie womöglich ihren Angreifer?

Bevor Walker Railey hinter dem mit Blaulicht und Sirene davonrasenden Krankenwagen hinterherfährt, bittet er noch John und Diane, die Paten seiner Kinder sind, sich um diese zu kümmern.

In den folgenden Tagen werden sich die Ereignisse überstürzen. Denn während Peggy im Krankenhaus liegt und auf der Intensivstation mit dem Tod ringt, wird sie zum Thema in den Kirchengemeinden. Alle ereifern sich gegen den potenziellen Verfasser der Drohbriefe. In der Folge kommen hunderte von Besuchern in das Presbyterian Hospital, um ihr wie einer Heiligen zu huldigen.

Dabei ist ihr Zustand verheerend: Denn durch das Würgen bekam ihr Gehirn zu wenig Sauerstoff, zugleich wurde es mit Glukose „geflutet". Selbst wenn sie überlebt, sind weite Teile ihres Gehirns so schwer geschädigt, dass von Peggy letztlich nur noch eine atmende Hülle bleibt.

Am Tag nach der Einlieferung seiner Frau geht der Pfarrer in Begleitung eines befreundeten Anwalts zur Polizei und wird seine Version des Abends erzählen. Dies wird allerdings auch das letzte Mal sein, das er mit der Polizei spricht.

Laut Railey traf er am 21. April gegen 18:30 Uhr zu

Hause ein, wo er in der Garage mit seiner Frau bei einem Glas Wein spricht. Sie ist gerade im Begriff die Garagentür zu fetten, weil sie so schwergängig ist. Kurze Zeit später fährt er – in einem Businessanzug – in die Bibliothek, weil er noch an den Fußnoten seines neuesten Buches arbeiten will. Um 18:38 Uhr ruft er zu Hause an und hinterlässt eine Nachricht auf dem AB. Dabei nennt er die Uhrzeit – wobei allgemein bekannt ist, dass er nie eine Uhr trägt. Um 19:26 Uhr ruft er die Babysitterin an, um mit ihr etwas für das Wochenende zu besprechen. Vier Minuten später kontaktiert Railey seine Geliebte, Lucy P., und fährt dann zu ihr, wo er etwa 40 Minuten bleibt. Angeblich um sich Kassetten mit Entspannungsübungen zu holen. Danach macht sich der Prediger wieder auf den Weg in die Bibliothek, um sich dort erneut seinen Studien zu widmen.

Nach 20 Uhr spricht er in der Bridwell Bibliothek einen Angestellten an und fragt ihn nach dem Ende der Öffnungszeit an diesem Tag. Um halb neun wiederum ruft er Peggy an, kurz danach verlässt er die Bücherei wieder und fährt mit seinem Wagen los. Gegen 20:53 Uhr taucht er an einer Tankstelle im Ortsteil Greenville auf, um zu tanken und einen Weinkühler zu erstehen.

Als nächstes sieht ein Jogger gegen 21:30 Uhr einen auffälligen Mann in einem Anzug, der vom Haus der Raileys fortläuft. Nachbarn berichten außerdem, dass sie zwischen 22:15 und 22:30 Uhr komische Geräusche von der Straße hinter dem Haus des Reverends und seiner Familie hören.

Was aber ist in der Zeit von kurz nach 21 Uhr bis 0:43 Uhr wirklich geschehen?

Walker Railey behauptet, er habe nur Durst gehabt und sei deshalb zur Tankstelle gefahren. Direkt danach sei er zur Southern Methodist University Library weitergefahren, um in der Bibliothek weiter zu recherchieren. Dies könne ein Bibliothekar belegen, mit dem er noch Kontakt hatte.

Im Laufe der folgenden Woche beginnen die Polizisten allerdings an Raileys Version des Abends zu zweifeln, denn es treten immer mehr Ungereimtheiten zutage. Sein Alibi – der Besuch der Southern Methodist University Library – steht auf tönernen Füßen. Denn es gibt Beweise, dass Railey nicht die Wahrheit sagt über den Zeitraum zwischen dem Besuch an der Tankstelle und seinem Gespräch mit einem Bibliothekar irgendwann zwischen 23 Uhr und Mitternacht.

Merkwürdigerweise drängt er beispielsweise um Mitternacht einem nigerianischen Studenten seine Visitenkarte auf, auf deren Rückseite eine Nachricht für einen Bibliothekar notiert ist – zusammen mit der Zeit, an dem die Notiz angeblich geschrieben wurde. 22:30 Uhr.

Als er die Bibliothek verlässt, nimmt er das Telefon und lässt sich direkt mit dem Anrufbeantworter verbinden – ohne dass es im Haus klingelt. Merkwürdigerweise hinterlässt er wieder eine Uhrzeit

– eine falsche. Aufzeichnungen der Telefongesellschaft belegen, dass der Anruf drei Minuten nach Mitternacht getätigt wurde. Die Nachricht lautet: Seine Frau soll ruhig die Garagentür schließen, er parkt draußen. Außerdem betont Railey dabei, dass er keine Uhr trägt. Das tut er a) niemals und b) müsste seine Frau das vermutlich am ehesten wissen.

Um 0:29 Uhr wieder ein Anruf auf dem AB, erneu mit Zeitangabe und dem Hinweis, dass Walker Railey nun endlich nach Hause kommt. Elf Minuten später fährt er bei sich zu Hause vor und findet das Garagentor halboffen vor. Die Garage ist dunkel, denn seltsamerweise wurden die Glühbirnen über dem automatischen Türöffner entfernt. Der Pfarrer fährt mit aufgeblendeten Scheinwerfern in die Garage und entdeckt seine Frau auf dem Boden hinter ihrem Chrysler.

Die Polizisten haben schnell das ungute Gefühl, dass hier jemand versucht, sich ein wasserfestes Alibi zu zimmern, um sich selbst aus der Schusslinie der Ermittlungen zu bringen. Doch dies macht sie nur umso misstrauischer.

Am Sonntag nach dem schrecklichen Angriff auf Peggy, durch den sie inzwischen in ein Koma gefallen ist, wird erstmals wieder ein Gottesdienst in der Kirchengemeinde der Raileys abgehalten. Hierbei lässt das Kirchenoberhaupt eine Nachricht von sich verlesen: „Ich weiß nicht, warum sinnlose Gewalt weiterhin die Gesellschaft durchdringt, und

ich verstehe auch nicht, warum die Ereignisse der vergangenen Woche stattgefunden haben."
Neun Tage danach sucht die Polizei Walker Railey im Krankenhaus auf, denn die Beweislage wird immer erdrückender. Sie wollen ihm wichtige Fragen stellen. Doch die Polizisten stehen vor verschlossener Tür. Weil er auf das Klopfen nicht reagiert, verschafft man sich Zutritt zur Krankenhaussuite des Predigers – gerade noch rechtzeitig! Denn nur mit Mühe kann man den ohnmächtigen Mann noch retten. Er hat versucht Selbstmord zu begehen, wie eine lange Notiz neben seinem Bett erklärt. Dazu nahm er drei Flaschen Beruhigungsmittel und Antidepressiva zu sich. Als Begründung ist zu lesen, dass seit Jahren „ein Dämon" in ihm ist, der schon immer da war. „Die Menschen glauben ich bin gut. In Wahrheit bin ich aber das genaue Gegenteil. Ich bin der Böseste der Bösen."
Wenige Tage später wacht der Prediger wieder aus dem Koma auf. Im Gegensatz zu Peggy, die nie wieder erwachen wird.
Auch wenn seine Zeilen für viele wie ein indirektes Geständnis wirken, so hat die Polizei von Dallas dennoch nicht genügend Beweise, um eine Anklage gegen Walker Railey zu erwirken. Stattdessen legt ihm der Staatsanwalt nahe, seinen „Lebensmittelpunkt zu verlegen". Er gibt tatsächlich seine Erlaubnis zu predigen zurück, überlässt seine Kinder den Paten und zieht 1987 nach Kalifornien. Dorthin, wo seine Geliebte Lucy P. bereits vor ihm

hingezogen ist. Die beiden leben fortan zusammen. Peggys Eltern haben dennoch nicht aufgehört, Railey zur Verantwortung ziehen zu wollen, und eine Zivilklage angestrengt. Das Urteil ergeht in Abwesenheit, denn er erscheint nicht – er soll 18 Millionen Dollar Entschädigung zahlen. Später wird die Strafe in eine lebenslange monatliche finanzielle Unterstützung für Peggy umgewandelt.
1992 können Ermittler nachweisen, dass Railey selbst die Drohbriefe geschrieben hat. Außerdem werden die Akten hinsichtlich des versuchten Mordes endgültig geschlossen. Denn das Verfahren in San Antonio scheitert an Rivalitäten der beiden Assistenten des Generalstaatsanwalts. Am Ende wird Walker Railey freigesprochen.
Vier Jahre später trennt er sich von seiner Geliebten und trifft sich mit der Witwe Donna B. Ihm gelingt es, die Scheidung von Peggy zu erwirken und heiratet 1998 die Witwe. Zur Hochzeitsfeier lädt Railey weder seine Kinder, noch seine Mutter oder seinen Bruder ein. Zu den Vorfällen wird er die folgenden Jahre schweigen, auf der Kanzel hingegen öffnet der begnadete Rhetoriker mit der Zeit erneut seinen Mund. Er fasziniert weiterhin sein Publikum mit seinen Predigten.
Die Kinder, Ryan und Megan, leben inzwischen in Houston und haben ihren Familiennamen ändern lassen. Sie haben den Kontakt zu ihrem Vater abgebrochen. Peggy stirbt im Dezember 2011. Die ganzen 25 Jahre über hat sie kein Wort mehr gespro-

chen und hinterlässt viele offene Fragen.
Was geschah tatsächlich am 21. April 1987 und wer ist Walker Railey wirklich? - Ein Unschuldiger, zu unrecht Verdächtigter oder hat er tatsächlich seinen eigenen Kindern die Mutter genommen? Eine Stimme aus dem Jenseits ruft nach Gerechtigkeit, doch niemand will ihr antworten.

KAPITEL 9: BLACKOUT

Der Fabrikarbeiter mit den braunen Haaren und den blauen Augen hat nur wenig Zeit, seine wohlverdiente Kaffeepause ist knapp bemessen. Hastig schlürft er den heißen Kaffee, um die Müdigkeit zu vertreiben. Er ist groß, gut 1,98 m. Damit überragt er alle in dem Diner. Neben ihm sitzt ein Mann, der ihn verstohlen beobachtet und dabei den Kautabak von einer Wange in die andere schiebt. Offensichtlich möchte er den Tabak loswerden. Als der Arbeiter fertig ist, bittet der Fremde ihn freundlich um den Pappbecher – und er bekommt ihn hingestellt. Dann verlässt der Hochgewachsene das Diner. Er sieht nicht mehr, wie der Pappbecher vorsichtig in einen Plastikbeutel für Beweismittel verschwindet, den sein Nebenmann mit einem strahlenden Lächeln sorgfältig verschließt.

Faryion Edward Wardrip wird am 3. Juni 1959 in Salem, Indiana geboren. Als viertes Kind von insgesamt neun. Seine Eltern sind einfache Leute: Der Vater, George, ist Fabrikarbeiter, seine Mutter Diana verdient etwas Geld als Putzfrau dazu, um alle durchzubringen. Sie ist die Organisatorin in der Familie, die bei Bedarf den Ton angibt. Einfache Leute, die aber ihre Kinder lieben und sie nach Kräften unterstützen. Auch wenn es manchmal Unstimmigkeiten gibt, so besteht zwischen Faryion und seinen Eltern eine enge Beziehung und sie werden immer sein sicherer Hafen sein, an den er zurückkehren kann und wird.

Dennoch ist die Teenagerzeit eine schwierige Phase für alle: Der junge Mann streitet sich ständig mit seinem Vater, außerdem kommt er hier zum ersten Mal mit Marihuana in Berührung. Und die Drogen werden in den nächsten Jahren sein Leben maßgeblich bestimmen. Das startet bereits in der Highschool – Faryion muss die Schule verlassen, ehe er einen Abschluss machen kann. Aus dieser Orientierungslosigkeit heraus meldet er sich 1979 mit 19 Jahren zur Nationalgarde, wo man ihn auch annimmt. Alle hoffen, dass die starken Strukturen einen guten Einfluss auf ihn ausüben, doch er kann sich nicht anpassen. Am Ende wird Faryion uneh-

renhaft entlassen, unter anderem weil er nach wie vor Marihuana raucht und auch diverse Male unerlaubt vom Dienst fernbleibt.
Haben es seine Eltern schon geahnt, als er wieder vor ihrer Tür steht und bei ihnen Unterschlupf sucht? Doch sie weisen ihn nicht von ihrer Schwelle, immerhin ist es ihr Sohn. Als die Familie von Indiana nach Wichita Falls in Texas umzieht, kommt Faryion mit. Vielleicht erhofft er sich ebenfalls einen Neustart.
Und tatsächlich wird sich hier nachhaltig etwas verändern, denn hier trifft er die Frau seines Lebens. Die Frau, die sein Leben wirklich nachhaltig bestimmen und prägen wird. In guten wie in schlechten Tagen. Faryion Wardrip ist 24 Jahre alt, als er der 20-jährigen Johnna D. Jackson begegnet. Im März 1983 geben sich die beiden das Ja-Wort, hoffen damals noch auf eine glückliche Beziehung bis ans Lebensende. Rasch werden zwei Kinder geboren. Doch das junge Familienglück wird schnell wieder von Faryions Drogenproblemen eingeholt. Inzwischen kann er kaum noch ohne Drogen und Alkohol durch den Tag kommen, doch das hat starke Auswirkungen auf sein Verhalten. Denn wenn der junge Vater und Ehemann Rauschmittel konsumiert, wird er extrem aggressiv, zornig und darüber hinaus auch sehr schnell handgreiflich und übergriffig.
Die resolute Johnna lässt sich aber davon nicht beeindrucken, sondern setzt ihren Gatten zuneh-

mend unter Druck. Sie verlangt von ihm, dass er sich endlich eine feste Anstellung sucht, um die Familie durchzubringen. Mit den ständig wechselnden Jobs muss Schluß sein! Denn bislang müssen Johnnas Eltern sie immer wieder finanziell unterstützen. Offenbar lässt sich Faryion Wardrip tatsächlich von ihr einschüchtern, denn er nimmt einen Hausmeisterjob im Bethania Hospital in Wichita Falls an. Schnell wird er sogar zum Krankenhausportier befördert. Dennoch enden die üblen Streitereien zwischen ihm und seiner Frau nicht. Die endlosen Vorwürfe und Beschimpfungen.
Später wird Faryion Wardrip einmal bekennen, wie unendlich belastend das Verhältnis zu seiner Frau sich für ihn anfühlte. Es wird sich zeigen, wie traumatisch es für ihn war. 1984 ist er weiterhin vollständig verstrickt in seine Drogenexzesse, die sein Leben zu einer Art andauerndem Alptraum machen. Vielleicht ist es diese verhängnisvolle Kombination, die schließlich eine Art Entladung forderte. Wie bei einem Dampfkochtopf, der am Ende in einem grellen Feuerball explodiert.
Faryion Wardrip hat am Abend des 20. Dezember 1984 wieder einmal einen heftigen Streit mit Johnna; wutentbrannt verlässt er schließlich das Haus und läuft herum, um den Kopf freizubekommen. Am selben Abend verlässt die 20-jährige Terry Lee Simms gegen 23 Uhr das Krankenhaus. Sie hat dort eine Teilzeitstelle als technische Assistentin. Nebenbei studiert die zierliche, nicht

einmal 1,60 m große Terry Simms an der nahen Midwestern State Universität. Am 20. Dezember 1984 fährt sie nach der Schicht im Krankenhaus am späten Abend gemeinsam mit ihrer Kollegin und Lernpartnerin Leza B. erst zu Bekannten, um dort Weihnachtsgeschenke abzugeben. Im Anschluss wollen beide eigentlich in Lezas Wohnung zusammen lernen, doch diese bekommt gegen halb eins nachts einen Anruf vom Krankenhaus, weil sie einspringen muss. Sie gibt Terry ihren Wohnungsschlüssel und setzt diese bei sich ab.
Um halb acht Uhr morgens kommt Leza zurück. Sie klingelt und klopft, doch Terry öffnet nicht. Schläft sie einfach nur zu tief? Leza holt sich den Schlüssel von ihrem Vermieter. Doch schon als sie in ihr Wohnzimmer tritt, erstarrt sie zu Eis. Es herrscht ein heilloses Chaos! Die junge Frau holt sicherheitshalber ihren Vermieter zu Hilfe, ehe sie sich weiter umschaut – vielleicht hat sie schon an diesem Punkt Angst vor dem, was sie in ihrer Wohnung entdecken wird. Der Schock kommt, als beide das Badezimmer betreten: Mitten in einer riesigen Blutlache liegt die entblößte Leiche von Terry. Vergewaltigt und dann brutal erstochen! Ihre zierlichen Hände sind mit einem Stromkabel auf dem Rücken gefesselt, sodass sie all das völlig wehrlos über sich ergehen lassen musste.

In der nächsten Zeit werden weitere Morde an jungen, zierlichen und besonders kleinen Frauen Wi-

chita Falls und die Region erschüttern.
Am 19. Januar 1985 verschwindet Toni Jean Gibbs, die ebenfalls im Krankenhaus als Schwester angestellt ist. Ihr verlassenes Auto wird zwei Tage später entdeckt, doch erst am 15. Februar, einen Tag vor ihrem 24. Geburtstag, finden Bauarbeiter ihre Leiche in einem Feld, eine Meile südlich der Stadtgrenze. Die Leiche ist wieder nackt. Auch Toni Gibbs wurde vergewaltigt und erstochen. Acht Einstichstellen sind vorhanden, es scheint, als habe der Täter in einer Raserei gehandelt. Doch das Furchtbarste ist: Nahe bei steht ein alter, abgewrackter Schulbus; in diesem wird die Kleidung von Toni gefunden. Spuren belegen, dass sie die Attacke zunächst überlebt hat, um dann sterbend auf das Feld hinauszukriechen.
Fälschlich wird ein 24-jähriger Mann, Danny Loughlin, des Mordes beschuldigt. Den Lügendetektortest besteht er nicht, doch anhand eines negativen DNA-Vergleichs, wird er freigesprochen.
Vier Tage nach dem Auffinden von Tonis Leiche kündigt Faryion Wardrip seinen Job im Krankenhaus. Er zieht in das zwei Autostunden Fahrt entfernte Fort Worth, wo er sich eine neue Anstellung suchen will.
Dort lebt auch die 25 Jahre alte Debra Sue Tayler. Ihr Ehemann sieht sie zum letzten Mal lebend in den frühen Morgenstunden des 24. März 1985. Er verlässt den Nachtclub vor ihr, weil er müde ist und nach Hause ins Bett will. Als Debra nicht nach

Hause kommt, ist er besorgt und meldet sie bei der Polizei als vermisst. Am 29. März taucht sie wieder auf – unter schrecklichen Umständen. Zwei Bauarbeiter finden ihre Leiche auf einer Baustelle. Sie wurde stranguliert. Zunächst gerät der Ehemann ins Visier der Ermittler, nachdem Angehörigen auf ihn aufmerksam gemacht haben. Er besteht drei Lügendetektortests problemlos, doch noch immer ist man von seiner Schuld überzeugt. Dies wird sich erst Jahre später ändern.

Da es mit dem Job in Fort Worth nicht geklappt hat, zieht Faryion Wardrip in der Hoffnung auf eine Anstellung in seiner Heimatstadt erneut nach Wichita Falls zurück.

Am 20. September 1985 verschwindet in Wichita Falls die Studentin Ellen Blau, als sie nach ihrer Schicht als Kellnerin auf dem Weg zu ihrem Auto ist. Wieder wird das Auto, in dem sich Ellens Brieftasche befindet, verlassen in der Stadt entdeckt. Auf ihre Leiche stoßen Straßenarbeiter erst am 10. Oktober 1985, sie liegt auf einem Feld in Wichita County. Tragischerweise ist der Körper bereits so stark verwest, dass Ellen nur aufgrund der Zähne identifiziert werden kann. Auch DNA-Material des Täters lässt sich nicht mehr finden. Die Todesursache lässt sich zu diesem Zeitpunkt daher nicht feststellen, erst viel später wird sich herausstellen, dass sie stranguliert und möglicherweise auch vergewaltigt wurde.

Faryion Wardrip arbeitet nun in einem Nachtclub

und seine Ehe ist definitiv am Ende: Im Dezember 1985 reicht Johnna die Scheidung ein und das Trennungsjahr beginnt. Ist er darüber erleichtert? Er macht jedenfalls keinen Versuch, die Ehe zu retten. Noch immer ist er schwerstabhängig von Drogen und Alkohol, als er sich im Frühjahr 1986 mit der Kellnerin Tina Elizabeth Kimbrew anfreundet. Sie ist gerade einmal 21 Jahre alt, als sie am 6. Mai 1986 von Faryion Wardrip umgebracht wird. In seinem Drogenwahn sieht er in ihr plötzlich seine verhasste Frau Johnna und rastet komplett aus. Er erstickt die junge Frau mit einem Kissen. Beim Verlassen des Wohnkomplexes wird Wardrip allerdings von Nachbarn beobachtet. Weiß er das oder sind es Schuldgefühle, die seine nächsten Schritte bestimmen?

Wardrip flieht in Panik nach Galveston, Texas. Am 9. Mai ruft er von dort aus die Polizei in Wichita Falls an und droht mit Selbstmord. Im Anschluss sucht ihn die örtliche Polizei auf und Wardrip gesteht bereitwillig den Mord an Tina Kimbrew.

Im Oktober 1986, während Wardrip im Gefängnis sitzt, wird die Scheidung von Johnna endlich rechtskräftig und dieses Kapitel seines Lebens ist auch zu seiner Erleichterung geschlossen. Vor Gericht bekennt er sich schuldig und erhält 35 Jahre für den Mord.

Doch die Zeit im Gefängnis bringt für den Mann die persönliche Wende: Nicht nur, dass er es schließlich schafft, Alkohol und Drogen hinter sich zu lassen und clean zu werden, er entdeckt auch den Glauben für sich. Am Ende ist er ein zutiefst religiöser Mensch, der am 11. Dezember 1997 vorzeitig auf Bewährung entlassen wird. Seine Auflage: Er muss eine elektronische Fußfessel tragen. Wardrip zieht erneut bei seinen Eltern in Wichita Falls ein und krempelt sein Leben um. Nicht nur, dass er einen neuen Job findet, er engagiert sich auch aktiv in der örtlichen Kirchengemeinde, singt dort im Chor und unterrichtet in der Sonntagsschule. Außerdem trifft er eine neue Liebe seines Lebens: Glinda. Am 15. Oktober 1998 heiraten die beiden und ziehen in eine gemeinsame Wohnung, im selben Apartmentkomplex wie seine Eltern.

Noch immer ist die örtliche Polizei mit Hochdruck auf der Suche nach den Mördern von Terri Simms, Toni Gibbs, Debra Taylor und Ellen Blau.

In diesem Fall zeigt sich, wie wichtig eine gute Kommunikation und intensive Vernetzung von Dienststellen auch über Stadt- und Regionsgrenzen ist. Denn mit großer Wahrscheinlichkeit hätten die Mordfälle mit einem besseren Austausch der Dienststellen deutlich schneller aufgeklärt werden können. So aber dauert es bis ins Jahr 1999, ehe es zielführende Erkenntnisse gibt.

Im Jahr 1999 nimmt Kriminalbeamter John L. noch einmal Ermittlungen hierzu auf und veranlasst eine weitreichende Analyse von DNS-Material und eine Probenentnahme von weiteren potenziell verdächtigen Personen. Die Ergebnisse lie-

fern jedoch immer noch keine heiße Spur. Erst als bei den Ermittlungen plötzlich der Name von Wardrip auftaucht, kommt Bewegung in den Fall. Allerdings liegen von ihm noch keine DNS-Proben vor. Detective John L. höchstpersönlich setzt aber alles daran, diese zu beschaffen. Er verfolgt Wardrip tagelang - vergeblich. Am 6. Tag endlich hat er Glück! Im Diner schafft er es, die Papptasse des Verdächtigen als Spucknapf für seinen Kautabak zu bekommen. Sofort rast der Detective in die Dienststelle und übergibt die Probe dem Labor.
Kurze Zeit später wird Wardrip zur Polizei zitiert, wo man den großgewachsenen Mann mit den Morden an Terri Simms, Toni Gibbs und Ellen Blau konfrontiert. Zunächst verweigert er die Kooperation, doch weitere Proben untermauern das Ergebnis. Schließlich gesteht er seine Taten. Als er nach dem Motiv gefragt wird, zeigt sich, wie leicht Drogen aus einem Menschen ein Monster machen können. Vor allem, wenn derjenige unfähig ist, sich gegen eine als übermächtig empfundene Person angemessen zur Wehr zu setzen. Faryion Wardrip gibt zu Protokoll, dass er immer im Drogenrausch war, wenn er eine Frau getötet hat. Direkt vor den Taten tauchte plötzlich Johnnas Gesicht vor seinen Augen auf, die ihn beschimpfte und erniedrigte. Daraufhin hatte er einen völligen Blackout. Er konnte sich danach nie erinnern, wie er die Frau umgebracht hat oder ob er sie vergewaltigt hat. So sei es jedes einzelne Mal gewesen.

In diesem Gespräch gesteht er auch den letzten, noch nicht mit ihm in Verbindung gebrachten Mord an Debra Taylor.
Am 9. November 1999 ergeht das Urteil in den vier Mordfällen: Wardrip erhält dreimal lebenslänglich und wird im Fall Terri Sims zum Tod durch die Giftspritze verurteilt. Im Jahr 2010 erfolgt eine Revision des Urteils, in der Begründung heißt es, dass Wardrips Verteidigung nicht ausreichend effektiv war. Letztlich wird das Todesurteil umgewandelt in lebenslängliche Haft ohne Aussicht auf vorzeitige Entlassung und Bewährung. Auch ein Gnadengesuch kann er frühestens nach 60 Jahren stellen.

KAPITEL 10: DAS HAUS

Manche Häuser scheinen Unglück anzuziehen – in ihnen gibt es schlimme Unfälle, Trennungen, Tränen, Todesfälle oder sogar Morde. Und eine Tür weiter ist die Welt in Ordnung. Sind es wirklich immer reine Zufälle, wenn so etwas gehäuft in einem Gebäude vorkommt, oder ist hier eine negative Energie verborgen, die derartiges anzieht? Personen, die an das Übernatürliche glauben, bezeichnen solche Bauwerke als Spukhäuser, während andere sie als hervorragende Gelegenheit für ein lukratives Immobiliengeschäft sehen.

Im Süden der USA, im Bundesstaat Mississippi ist genau so ein negatives Haus zu finden. Genauer im

Bezirk Yazoo, in der Kleinstadt Vaughan. Eine Ortschaft, in der vor allem die weitverzweigte Familie der Hargons eine Rolle spielt. Das einstöckige Backsteinhaus beherbergte ursprünglich einen Laden, der einem aus der Hargon-Sippe gehörte. Haywood Hargon war Inhaber von „Fowler Road Grocery" – bis zu dem verhängnisvollen Freitag im Jahr 1994, als plötzlich ein Mann mit einer Waffe vor ihm im Lebensmittelgeschäft stand und seine Wocheneinnahmen verlangte. Ganze 114 Dollar waren der Grund, weshalb Haywood Hargon sterben musste. Der Dieb flüchtete, als zufällig in diesem Moment ein anderer Kunde das Geschäft betrat.
Nach dem tragischen Tod von Haywood erbte sein Sohn Michael das Backstein-Bauwerk an der Fowler Road in Vaughan und baute es zu einem Wohnhaus um. Ein kleines Nest für seine Familie: Seine zwei Jahre älter Frau Rebecca und den kleinen Sohn James Patrick. Vielleicht behielt er das Haus aber auch, wegen des Andenkens an seinen Vater und damit es nicht in falsche Hände kam. Charles Hargon, sein Onkel, hatte nämlich allergrößte Sorgen, dass sein Adoptivsohn Ernest Lee Hargon es in die Finger bekommen könnte. Er hatte regelrecht Angst, was dann mit dem Haus passieren würde, denn, wie eine Verwandte betonte, in Ernest Lees Adern floss kein Hargon-Blut.
Zu der Adoption kam es, weil Charles Hargon die Mutter des Jungen heiratete. Er zog ihn wie sein eigenes Kind auf, doch die Beziehung zwischen den

beiden war geprägt von Höhen und Tiefen – vor allem aber von Tiefen. Vielleicht ist Ernest Lee ihm nicht gut genug, denn er arbeitet „nur“ als Truckfahrer von Viehtransporten. Ein kraftraubender Job mit langen Arbeitszeiten, weshalb Ernest Lee mit Anfang 40 sogar damit beginnt, Methamphetamin zu nehmen, um beim Fahren nicht einzuschlafen. Offenbar eskalieren die Streitigkeiten zwischen beiden im Jahr 2001 so sehr, dass Ernest Lee die nächsten drei Jahre keinen Kontakt mehr mit seinem Stiefvater hat und ihn auch nicht zurückruft, als dieser Anfang 2004 darum bittet.
Vielleicht hat es Ernest Lee aber auch tief getroffen, dass Charles sich während der dreijährigen Kontaktpause immer mehr an Cousin Michael angenähert hat. Die Beziehung ist zuletzt sogar so eng, dass er Ernest Lee sogar als Sohn ersetzt. Die beiden „echten“ Hargons sind am Ende sogar so innig, dass der adoptierte Sohn schließlich enterbt wird. Nun soll Michael nach Charles‘ Ableben die gut 20-Hektar große Vieh-Farm in Madison County bekommen. Eine schmerzliche Entwicklung.
Die üblichen Querelen in einer Kleinstadt-Familiendynastie, möchte man meinen. Doch was dann folgt, wird Vaughan mehr als alles andere zuvor in den Grundfesten erschüttern.
In einer Kleinstadt wie dieser kennt jeder jeden. Deshalb fällt es am 14. Februar 2004, einem Samstag den Passanten auch auf, dass irgendetwas bei Michael Hargon seltsam ist. Von der Straße aus ist

zu sehen, dass die Tür seines Hauses offen steht, ebenso die Tür seines Autos – aber kein Mensch ist zu entdecken. Irgendwann fasst sich jemand ein Herz und geht auf das Grundstück, ruft laut nach Michael und Rebecca. Doch es bleibt still. Deshalb geht derjenige schließlich ins Haus. Der Anblick, der sich einem darin bietet, ist geisterhaft: Es wirkt so, als hätte jemand die Bewohner mitten aus ihrem täglichen Leben einfach aus dem Gebäude „gebeamt". Es steht noch das Geschirr vom Abendessen in der Spüle, Dinge auf dem Tisch, Zeitschriften liegen herum – doch nirgends ist ein Mensch. Erst beim Anblick der Blutspuren und der Schusslöcher in den Wänden, in denen noch Patronen stecken, läuft es dem Besucher eiskalt den Rücken hinunter. Hier ist etwas so gar nicht in Ordnung!

Die folgenden 17 Tage sucht die örtliche Polizei mit Hochdruck nach der kleinen Hargon-Familie. Ebenso die Mitglieder der Hargon-Sippe. Nirgends ist eine Spur von dem 27-jährigen Michael, seiner 29 Jahre alten Frau und dem gerade einmal 4 Jahre alten Sohn James Patrick.

Die einzigen Verdächtigen sind Mitglieder der Streetgang, die damals auch hinter dem Mord an Haywood Hargon steckte. Der Täter damals gehörte zur Gruppe The Black Gansta Disciples und wenige Tage vor dem Verschwinden der kleinen Familie wurde wieder einmal geprüft, ob ein Straferlass in Frage kam. Dieses Ansinnen hatte Michael mit Nachdruck abgelehnt, dennoch deutet nichts daraufhin, dass es sich um einen Rachefeldzug handelt. Die Streetgang geriet lediglich ins Visier der Ermittler, weil am Morgen des Valentinstags angeblich zwei bis drei Leute vor dem Backsteinhaus gesehen wurden, die mit Michael gestritten haben. Der Schalttag bringt schließlich die Wende: Am 29. Februar 2004 nimmt die Polizei in Smith County, völlig unerwartet jemanden fest. Es ist Ernest Lee Hargon, der wegen Waffenbesitzes und Verstößen gegen das Rauschmittelgesetz verhaftet wird. Doch am folgenden Tag kommt schlagartig auch Bewegung in den Fall der drei Verschwundenen: Ernest Lee wird wegen Mordes angeklagt.

Am Tag nach der Anklageerhebung machen die Polizisten in Smith County, rund 100 km von Vaughan entfernt, dann eine entsetzliche Entdeckung. Im strömenden Regen suchen sie fieberhaft mit Scheinwerfern auf dem Grundstück eines Nachbarn von Ernest Lee, nach etwas. Und werden schließlich fündig: In einem flachen, hastig ausgehobenen Grab, über das Blech gelegt wurde, liegen die Leichen von Michael, Rebecca und ihrem kleinen Sohn. Entsetzlich zugerichtet. Sogar das Kleinkind!

Was in Vaughan zu diesem Zeitpunkt noch niemand ahnt: Ernest Lee Hargon hat direkt nach seiner Verhaftung wegen der kleineren Delikte den Polizisten gestanden, dass er seinen Cousin erschossen und dessen Familie ebenfalls getötet hat,

und gibt den Ermittlern den entscheidenden Hinweis, wo die Leichen zu finden sind.
Die lokalen und inzwischen ebenso die überregionalen Medien sind außer sich, alle wollen wissen, welche neuen Entwicklungen es gibt, was genau passiert ist. Doch noch hält sich die Polizei bedeckt, man will erst die Obduktion abwarten, ehe man etwas Genaueres verlautbart. Zu Recht, denn die Details in diesem Fall sind auch für die hartgesottenen Ermittler schwer zu ertragen.
Ähnlich geht es sicherlich auch der Jury aus neun Frauen und drei Männern, die während der Gerichtsverhandlungen die ganze Wahrheit über das Verschwinden der drei Hargons aus Vaughan hören.
Ernest Lee fährt mit seiner 1974er Corvette am Valentinstag 2004 noch vor Sonnenaufgang zum Haus in der Fowler Street. Vermutlich sehr aufgebracht und enttäuscht, voller blindem Hass. Anders ist nicht zu erklären, was dann folgt. Er geht auf das Grundstück, betritt das Haus. Macht er Michael Vorwürfe? Jedenfalls entbrennt zwischen den beiden Männern ein heftiger Kampf, der Assistent des Staatsanwalts merkt der Jury gegenüber hierzu an: „Michael erlitt durch die Schläge am ganzen Körper Verletzungen, vom Kopf bis zu den Zehen“. Der 27-Jährige kann zunächst noch nach draußen zu seinem Truck fliehen, was seine ausgeschlagenen Zähne neben der offenen Autotür belegen. Vielleicht hoffte er, die Waffe aus seinem Auto holen zu können. Doch er wird mit einem Schuss

in den Kopf getötet. Doch das ist Ernest Lee noch nicht genug, er kann an diesem Tag nicht eher Ruhe geben, bis auch das letzte Mitglied dieser Familie aus dem Wege geräumt ist. Michaels Ehefrau Rebecca schießt er zunächst in den Arm, schlägt ihr auf den Kopf und würgt sie bis zur Bewusstlosigkeit. Auch den vierjährigen James Patrick würgt er, bis das Kind ohnmächtig ist. Ob die beiden schon zu diesem Zeitpunkt einen Schädelbruch erlitten haben oder erst später, ist unklar. Dann beginnt der Mann damit, seine Spuren zu beseitigen. Zuerst hievt er Michaels Leiche in seinen Wagen, darauf legt er die bewusstlose Ehefrau und zuoberst das Kind. Er fährt mit ihnen zu seinem 100 km entfernten Wohnsitz, um sie dort endgültig verschwinden zu lassen. Mutter und Kind leben noch, als sie am Ziel in Smith County ankommen – doch nicht mehr lange. Während Hargon Rebecca erwürgt, hält sie ihr Kind im Arm. James Patrick wird mit einer Lederschlinge erdrosselt – dabei hat das Kind nicht geschrien, wie Ernest Lee in seinem Geständnis fast schon verwundert anmerkt. Beim Bericht des Staatsanwalts über den Tod des Kindes beginnt der Täter zu weinen.

Als er alle Mitglieder der so verhassten Familie getötet hat, legt er die Leichen wieder in sein Auto und fährt zu dem Ort, den er später der Polizei angeben wird. Dort vergräbt der Mann die Leichen und fährt wieder nach Hause.

Für den Abend ist er mit seiner Frau, der Tierärztin

Lisa A. zu einem Valentinstag-Dinner in einem mexikanischen Restaurant verabredet. Zunächst lässt sich Hargon nichts anmerken, doch irgendwann kann er nicht mehr anders und beichtet ihr den Mord.

Während des gesamten Gerichtsverfahrens macht er keinerlei Aussage, bleibt einfach nur stumm. Auch seine Verteidigung ruft keine Zeugen auf, sogar die eigentlich üblichen Leumundszeugen fehlen. Bei der Beweisaufnahme kommt heraus, dass Auslöser für die schreckliche Tat vermutlich die Testamentsänderung von Charles Hargon war. Im Rahmen des Prozesses werden zwei Testamente als Beweismittel eingeführt, eines von 1995 und eines aus dem Januar 2004. In der früheren Fassung wird Ernest Lee noch als Erbe eingesetzt, doch im geänderten letzten Willen ist sein Name komplett aus dem Schriftstück verschwunden, stattdessen ist Michael der Alleinerbe. Charles Hargon starb mit 78 Jahren am 16. Januar 2004 – wenige Wochen vor den Morden. Für die Ermittler steht fest: Die Testamentsänderung ist der Grund, weshalb drei Menschen sterben mussten.

Die Jury braucht im Dezember 2005 keine lange Beratung, um zu einem Urteil zu kommen – sie plädiert auf schuldig. Das bedeutet die Todesstrafe für Ernest Lee Hargon, der bei der Urteilsverkündung komplett emotionslos wirkt.

Doch während andere manchmal Jahrzehnte auf ihre Hinrichtung warten, schlägt das Schicksal bei dem Mörder der drei Hargons schließlich völlig unerwartet zu und kommt der Todesstrafe zuvor. Am 28. August 2007 bricht ein inhaftiertes Gang-Mitglied aus seiner Zelle im Hochsicherheitstrakt des Mississippi State Penitentiary in Parchman aus. Ernst Lee hat gerade Putzdienst, als er um 8.53 Uhr durch 30 Stiche mit einem selbstgemachten Messer tödlich verletzt wird. Er verstirbt in der Krankenstation.

Das einstöckige Backsteinhaus von Michael und Rebecca Hargon existiert noch immer – aber inzwischen will niemand mehr darin leben. Es starben darin zu viele Menschen. Ein Stacheldrahtzaun soll Eindringlinge von dem stillen Gebäude fernhalten. Es wirkt wie ein gigantischer Grabstein.

KAPITEL 11: KINDERMORD

Den Anblick, der sich den Detectives im Haus bietet, werden sie in ihrem ganzen Leben nicht mehr vergessen. Sogar die ältesten, erfahrensten Ermittler, die schon viel Furchtbares in ihren Dienstjahren gesehen haben, sind unfähig, die Tränen zurückzuhalten. Überall ist Blut! Einige müssen mit dem Würgereiz kämpfen, die Brutalität des Angriffs ist einfach nur schockierend – wer auf der Welt ist zu so etwas Entsetzlichem fähig?

Jedes der drei Opfer, die vor den Ermittlern unnatürlich verrenkt auf dem Boden liegen, ist übersät mit unzähligen Einstichstellen. Verursacht durch Küchenmesser. Der Angriff auf das jüngste Kind, die kleine Melissa, wurde mit so einer Wucht ausgeführt, dass eines der Messer in ihrem Genick

abbrach. Außerdem wurde ihr mit einem Küchenstuhl der Schädel eingeschlagen. Die Mutter, Joan Heaton, liegt im Flur und sieht aus, als hätte man sie zerfleischen wollen. Doch das genügte dem Täter, der anscheinend völlig außer Rand und Band geraten war, noch nicht. Erst als er sie auch noch niedergeknüppelt und gewürgt hatte, konnte er von der Mutter der Mädchen ablassen.
Während der Anblick ihnen die Kehle zudrückt, fragen sich die Ermittler, wer in der Lage ist, so etwas zu tun. Kann man so jemanden wirklich noch als „Menschen" bezeichnen?

Warwick auf Rhode Island ist eine Stadt, in der man hervorragend Muscheln essen und wunderbare Tage am Strand verbringen kann. Aber Ende der 80er wird die idyllische Stadt jedoch hauptsächlich wegen einer menschlichen Bestie Berühmtheit erlangen.

In der Nacht des 21. September 1987 wird bei der 27 Jahre alten Rebecca Spencer eingebrochen. Der Anblick des Tatortes im Ortsteil Buttonwoods ist schrecklich, denn die junge Frau ist über und über mit blutenden Wunden bedeckt. Insgesamt 58 Einstichstellen findet der Gerichtsmediziner, eine Anzahl, die ihn verblüfft und erschüttert zugleich. Wie in einem Wahn stach der Einbrecher im Wohnzimmer wieder und wieder mit einem Cutter-Messer auf die Frau ein. Ein Messer, das an dem Tag

nur zufällig im Haus ist, weil Rebecca umzieht und Kartons packen muss.
Zwar sucht die Polizei mit Hochdruck nach dem Täter, doch die Ermittlungen verlaufen ergebnislos. Niemand hat etwas Auffallendes gesehen, niemand hat etwas bemerkt. Zwar bleiben die Akten offen, aber es wird ruhig um den Fall und irgendwann geht man wieder zum Tagesgeschäft über.

Bis zu dem Jahr an dem Sie alle aus dieser trügerischen Ruhe auf brutale Weise wieder wachgerüttelt werden. Es ist der 4. September 1989, zwei Jahre nach dem ersten Vorfall, als Marie B. sich entschließt, nach ihrer Tochter, der alleinerziehenden 39-jährigen Joan Heaton, zu sehen. Sie hat einige Tage lang nichts von ihr gehört und ist daher etwas besorgt. Außerdem freut sich Marie darauf, wieder einmal ihre Enkelinnen zu sehen, die 10 Jahre alte Jennifer und die 8-jährige Melissa. Gemeinsam mit ihrer anderen Tochter Mary Lou machen sich die Frauen auf den Weg zum Haus der Heatons.
In Buttonwoods angekommen sehen sie, dass Joans Auto auf der Zufahrt geparkt ist, insofern muss sie da sein. Doch obwohl die beiden Frauen mehrere Male läuten, öffnet ihnen niemand. Sie sind irritiert, denn so ein Verhalten kennen sie von Joan und ihren Mädchen nicht, deshalb entscheiden Marie und Mary Lou sich, in das Haus hineinzugehen.
Aber schon als sie den Flur betreten, wird ihnen

schlagartig klar, dass hier etwas nicht stimmt! Überall sind Blutspritzer an den Möbeln und den Wänden, ihnen schlägt ein fauliger Gestank entgegen. Wie von toten Tieren, die schon einige Tage liegen. Ihre Angst wird immer größer – was ist hier passiert? Als sie weitergehen, machen die Frauen eine Entdeckung, wie sie furchtbarer nicht sein kann! Zuerst finden sie Joan. Ihr Leichnam liegt im Flur, zugedeckt mit blutbefleckten Laken. Jennifer liegt in ihrer Nähe, ebenfalls brutal ermordet. Die Kleinste, Melissa, finden sie in der Küche.
Sobald sie wieder fähig sind, einen klaren Gedanken zu fassen, rufen sie die 911 an. Nur wenige Augenblicke später treffen die Ermittler ein. Das ehemals von Lachen erfüllte Haus der Heatons hat sich zu einer Tatort verwandelt. Und dieser Verbrechensschauplatz, da sind sich alle einig, war die Spielwiese eines menschlichen Monsters.

Im Rahmen der nun folgenden Untersuchungen wird schnell eines klar: Offenbar hat man es hier in Warwick mit einem echten Serienmörder zu tun. Die Ähnlichkeit zwischen dem Fall 1987 und dem Mord an den Heaton-Frauen, drei Tage vor ihrem Auffinden, sticht den Kriminalbeamten sofort in die Augen. Dennoch können sie sich keinen Reim darauf machen und sind ratlos. In welche Richtung müssen sie ermitteln? Um keine wertvolle Zeit zu vergeuden und dem Täter womöglich die Chance zu geben, noch einmal zuzuschlagen und damit wieder unendliches Leid über eine weitere Familie zu bringen, wird das FBI um Hilfe gebeten. Die Bundespolizei schickt daraufhin einen ihrer besten Profiler, Gregg M.

Dieser geht sofort an die Arbeit und fasst die vorliegenden Indizien zusammen. Schnell kann er anhand der Ähnlichkeiten zwischen den beiden Fällen belegen, dass diese tatsächlich von ein und demselben Täter begangen worden sein müssen. Denn sowohl im Heaton- als auch im Spencer-Fall nutzte der Mörder eine Waffe, die im Haus vorhanden war. Diese Tatsache wiederum deutet darauf hin, dass er eigentlich aus einem anderen Grund eingedrungen sein muss – vielleicht wegen eines Raubzugs? Wurde er dabei überrascht und hat sich dann die nächstbeste Waffe gegriffen? So jedenfalls sind die Vermutungen des Profilers. Auch der „Overkill“ in beiden Fällen – rund 60 Einstiche bei den Müttern und etwa 30 bei den Kindern – spricht dafür, dass hier eine Person zweimal zugeschlagen hat.

Davon ausgehend ist sich der Profiler ebenfalls sicher, dass der Einbrecher aus der Nachbarschaft der Opfer stammen muss. Einbrecher tendieren nämlich dazu, in Häuser einzubrechen, bei denen sie wissen, dass hier etwas Lohnendes zu holen ist. Und in der Regel kennt man die Menschen und deren Lebensverhältnisse am besten, die in der Nähe der eigenen Bleibe wohnen. Insofern stammt der Täter mit großer Wahrscheinlichkeit ebenfalls

aus dem Stadtteil Buttonwoods.
Doch es ist die letzte Vermutung des FBI-Spezialisten, die die Detectives schließlich auf die Fährte des unbarmherzigen Mörders führen wird: Gregg M. nimmt an, dass der Täter sich bei seinen völlig unkontrollierten Angriffen höchstwahrscheinlich selbst verletzt hat.
Die Polizisten atmen auf, dank der Hinweise engt sich das Feld der Ermittlungen deutlich ein. Jetzt brauchen sie nur noch ein wenig Glück.
Schon am 5. September reicht das Schicksal seine helfende Hand der Polizei von Warwick. Gerade einmal einen Tag nach der Entdeckung der Heaton-Leichen fahren zwei Streifenbeamte, Ray P. und Mark B., durch einen Park in der Nähe von Buttonwoods. Als sie an einem Jugendlichen vorbeifahren, der ihnen wegen einiger Einbrüche bereits bekannt ist, stoppen sie den Wagen, um mit ihm zu sprechen. Es ist der 15-jährige Craig Chandler Price.
Der am 11. Oktober 1973 geborene Craig ist ein großgewachsener, lebhafter Teenager mit einem gewinnenden Lächeln. Ray P. kennt ihn privat, denn er hat ihn in einem Basketballkurs gecoacht. Deshalb weiß er auch, dass der farbige Junge in einem kleinen Ranchhaus in Buttonwoods wohnt.
Als der Polizist ihn wegen der Morde anspricht, stellt sich heraus, dass Craig Price nur wenige Häuser entfernt von den Heatons wohnt. Ray P. und seinem Kollegen stockt zudem der Atem, als sie sehen, dass der junge Farbige eine verbundene

Hand hat! Nur mit größter Mühe gelingt es den Männern, sich nicht direkt zu verraten. Kann er es wirklich sein ? Price behauptet, er hätte sich verletzt, als er in der letzten Nacht die Scheibe eines Autos eingeschlagen hat. Dass es sich um einen Diebstahl handelte, lässt er vornehm aus.

In den folgenden Tagen überprüfen die Polizisten seine Geschichte und entdecken Interessantes. Etwa, dass niemand eine eingeschlagene Scheibe gemeldet hat. Und vor Ort sind auch keine Glassplitter zu sehen. Dennoch meinen im Department viele, dass die beiden damit lediglich ihre Zeit vertun, schließlich ist Price nur ein Teenager. Allerdings ist er einer mit einem Vorstrafenregister sowie einem Hang zur Gewalttätigkeit, weshalb er für die beiden Detectives zu einem potenziellen Verdächtigen wird.

Bei der Vorladung ins Polizeibüro wird er zunächst intensiv verhört. Auch über die Verletzung seiner Hand. Da Craig Price auf seiner Version beharrt, wird er einem Lügendetektor-Test unterzogen. Das Ergebnis ist eindeutig: Er lügt. Aber noch kann man ihm nichts nachweisen.

Die Spur wird jedoch deutlich heißer, als herauskommt, dass Craig mit einer Bande jugendlicher Einbrecher unterwegs ist und außerdem mit einer ganz besonderen Tat geprahlt hat – dem Mord an Rebecca Spencer.

In den frühen Morgenstunden des 17. Septembers wird deshalb das Haus der Familie Price durchsucht. John Price, Craigs Vater, ist völlig entsetzt, als die Polizisten auf seiner Türschwelle stehen. Ebenso geht es der Mutter und dem Bruder, die während der Durchsuchung im Wohnzimmer bleiben müssen. Nur Craig selbst ist erstaunlicherweise völlig entspannt, fällt auf dem Sofa sogar in tiefen Schlaf. Allerdings brauchen die Polizisten nicht lange, bis sie etwas Wichtiges entdecken: In einem Müllsack finden sie sechs blutige Küchenmesser, wie die im Haus der Heatons. Außerdem sind neben andere Dingen auch Handschuhe und blutige Kleidungsstücke darin.

Sofort werden Craig und seine Eltern auf die Wache mitgenommen, um ihn erneut zu den Morden zu befragen. Was dann geschieht, schockiert alle zutiefst: Der Teenager gibt mit einem Mal bereitwillig zu, die Heatons ermordet zu haben. Vollkommen ruhig und entspannt schildert er detailliert, was sich in der Nacht genau ereignet hat. Ist ihm das Lügen und Leugnen zu mühsam geworden? In einer nonchalanten Art und Weise berichtet der 15 Jahre alte High School Student von dem Abend. Vollgedröhnt mit Marihuana und LSD steigt er in das Haus ein, um etwas zu stehlen, was er zu Geld machen kann. Als er durch das offene Küchenfenster hineinkriechen will, fällt er in der Küche auf einen Tisch. Der ohrenbetäubende Lärm muss die Heatons aufgeschreckt haben. Er berichtet, wie er der Mutter heftig ins Gesicht schlägt, während er sie ersticht. Und zum Abschluss, quasi als makabre

Pointe, imitiert er noch die letzten Laute der sterbenden Mädchen.
Craigs Vater, John, dreht die Geschichte im wahrsten Sinne des Wortes den Magen um. Er muss schließlich in die Herrentoilette laufen und sich dort übergeben, unfähig wieder zu dem Wesen zurückzukehren, das er bislang als seinen Sohn ansah. Seine Mutter steht die ganze Zeit neben ihrem Sohn, nun dringen qualvolle Schluchzer aus ihrer Brust und sie kann nicht anders als bittere Tränen zu weinen. Was ist nur aus ihrem kleinen Jungen geworden? Was lief in der Kindheit falsch, dass ein Jugendlicher so sehr verroht und solch abscheulichen Taten begeht?
Als Craig Price nach Rebecca Spencer gefragt wird, gibt er auch diesen Mord unumwunden zu. Zu dem Zeitpunkt war er gerade einmal 13 Jahre alt und selbst noch ein Kind. Daraufhin gibt er ebenfalls einen detaillierten Bericht zum Tathergang ab, offensichtlich erinnert sich der Teenager nach wie vor an jedes einzelne Detail. Reue? So etwas liegt ihm völlig fern.
Am Ende herrscht Stille in der Wache. Welche Worte wären angesichts dieser Taten angemessen? Der Kriminalbeamte Tim C., der die Befragung geleitet hat, geht in dieser Nacht nach Hause, um dort zu weinen. Er war damals der Erste, der an den Tatort kam. Detective Kevin C., der assistiert hat, fühlt nichts als kalte Wut. Denn er ahnt bereits, was folgen wird. Er soll mit seiner Ahnung Recht

behalten und wird in den nächsten Jahren deshalb alles daransetzen, um eine Gesetzesänderung zu erwirken, die so etwas für die Zukunft unmöglich macht.
Craig Price weiß vielleicht schon selbst, dass das Gesetz von Rhode Island auf seiner Seite ist. Womöglich ist das auch einer der Gründe für sein entspanntes, unumwundenes Geständnis. Er wird einen Monat vor seinem 16. Geburtstag verhaftet – und gilt damit als Minderjähriger (Minor). Durch sein „rechtzeitiges" Geständnis muss er sich trotz der extrem brutalen Morde nicht vor einem Gericht verantworten oder eine Gefängnisstrafe verbüßen. Nach gerade einmal fünf Jahren in einer Erziehungsanstalt ist er wieder auf freiem Fuß, zudem wird dann sein Vorstrafenregister gelöscht. Mit 21 ist er also ein freier Mann mit einer reinen Weste.
Es wirkt wie eine unheilvolle Prophezeiung und Drohung, als Craig Price am Ende der Anhörung triumphierend verkündet: Er werde Geschichte schreiben, wenn er mit 21 wieder auf freiem Fuß ist! Und er merkt fast schon amüsiert an, dass er eine „Bombe"(ein starkes Halluzinogen wie LSD oder Meskalin) rauchen wird, wenn er nach fünf Jahren rauskommt. Er, der unter Drogeneinfluss so furchtbare Dinge zu tun imstande ist!
In der Anhörung wird beschlossen, dass Price bis zu seinem 21. Geburtstag im Rhode Island Training School's Youth Correctional Center (YCC) in

Verwahrung bleibt. Hier macht er seinen High School Abschluss und beginnt sogar, College Kurse zu belegen. Craig Price peilt akademische Weihen an, dennoch kommt er auch hier mit dem Gesetz immer wieder in Konflikt: Etwa weil er die angeordnete psychologische Analyse und Therapie behindert und den Psychiater mehrmals belügt oder einen Officer der Erziehungsanstalt bedroht und erpresst. Er selbst torpediert seine Chance, schnell wieder in Freiheit zu leben. Ein Gericht entscheidet schließlich wegen der Vorfälle auf 15 Jahre Haft. Damit bleibt der „Warwick Slasher" auch nach seinem 21. Geburtstag vorerst in Verwahrung. Während der Verhandlung bekommt der junge Mann einen Wutanfall und tobt, dass alle lügen – nur um ihm Probleme zu bereiten. Die Richter seien nur die Köpfe einer gegen ihn gerichteten Verschwörung!

Und auch diese Strafe ist ihm keine Warnung. Mehrmals ist er in Kämpfe im Gefängnis verwickelt und unternimmt Angriffe auf Wärter. Zu guter Letzt erhält Craig Price 2009 weitere 25 Jahre Gefängnis, weil er einen Mithäftling mit einem selbstgebastelten Messer beinahe tödlich verletzt. Alle atmen auf, denn dies verschiebt seine Freilassung auf das Jahr 2020.

Die Anstrengungen von Chris P. führen dazu, dass es in Rhode Island zu einer Gesetzesänderung kommt. Nie wieder werden sich Jugendliche bei schweren Straftaten so leicht ihrer Verantwortung entziehen

können. Craigs Strafe ist endgültig verbüßt im Dezember 2020, dann ist der ehemals jüngste Serienkiller der USA wieder in Freiheit. Mit 46 Jahren.
Psychologische Gutachter sind sich sicher, dass er nicht rehabilitiert werden kann. Das FBI und die Polizei in Warwick gehen davon aus, dass es nur eine Frage der Zeit ist, bis der „Warwick Slasher“ wieder beginnt zu morden.
Price sieht sich selbst als Opfer von fortgesetztem Rassismus, dies und eine dadurch ausgelöste enorme Frustration sei auch damals der Grund für den „Overkill“ gewesen. Er wird nicht müde zu betonen, dass er genug bestraft wurde.

KAPITEL 12: DIE PARTY

Tyler Hadley aus Port St. Lucie ist anfangs ein ausgesprochen netter, unkomplizierter und sogar eher schüchternes Kind. Er wird geboren als zweites Kind von Blake und Mary-Jo Hadley, sechs Jahre nach seinem großen Bruder. Er ist seinen Eltern sehr nahe, lacht und scherzt mit ihnen. Als er 10 Jahre alt ist, kommt es einmal zu einem Streit mit seiner Mutter. Tyler ist so wütend auf sie, dass er zu Mark A., einem Nachbarn, aufgeregt sagt, er würde sie umbringen. Was kleinen Jungs eben manchmal so rausrutscht. Schon zu dieser Zeit ist Mike M. ein treuer Freund, der Tyler auch die nächsten Jahre in unverbrüchlicher Freundschaft zur Seite stehen wird.

Das Leben in der Kleinstadt Port St. Lucie ist wenig spektakulär, gerade für Teenager, die am Liebsten alle Grenzen und Konventionen hinter sich lassen würden. Für sie kann die Enge einer solchen Stadt bedrückend sein. Blake und Mary-Jo, zwei besonders angenehme, freundliche Menschen, wohnen gerne hier in ihrem schönen Haus, dass sich Blake durch seine Arbeit im örtlichen Kraftwerk finanzieren kann. Sie sind bemüht, gute, fürsorgliche Eltern zu sein, die ihren Kindern den Weg ins Leben ebnen und sie nach Kräften begleiten und unterstützen.
Mit 15 verändert sich Tylers Wesen plötzlich, alle schieben es erst einmal auf die Pubertät, die ja in vollem Gange ist. Der Teenager hat keine Lust mehr auf Schule, hängt mit den falschen Leuten rum, beginnt damit zu trinken und Drogen zu nehmen. Vor allem raucht er gerne Marihuana, was seinen Eltern nicht verborgen bleibt. Sie sind überzeugt, dass es sich lediglich um eine Phase handelt, die auch wieder vorübergehen wird. Dennoch versuchen Blake und Mary-Jo alles in ihrer Macht stehende, um Tyler durch diese „Krise" zu begleiten und ihm zu helfen. Dazu zählen Besuche bei einem Psychiater, der dem Jugendlichen Antidepressiva verschreibt. Außerdem muss er zu einem ambulanten Programm für psychische Gesundheit und Drogenmissbrauch gehen.
Wie muss sich das alles für Tyler Hadley angefühlt

haben? Hatte er den Eindruck, dass er fremdbestimmt war? Dass er gezwungen wurde etwas zu tun, was er gar nicht will? Dass man ihn als krank und verrückt hinstellte, obwohl er doch eigentlich nur endlich ein Leben führen möchte, wie er es für richtig hält? Vielleicht eins davon, vielleicht aber auch nichts von all dem. Tatsache ist lediglich, dass all diese Maßnahmen keinen Erfolg haben. Tyler Hadley wird immer widerspenstiger, kapselt sich von seinen Eltern ab. Wichtiger als seine Familie ist es ihm, endlich einmal als cooler Teenager angesehen zu werden und im Mittelpunkt zu stehen. Dafür würde er inzwischen nahezu alles tun.

Mit 17 wird der Junge wegen schwerer Körperverletzung und Einbruch verhaftet.

Als Blake und Mary-Jo Hadley hiervon erfahren, sind sie einfach nur schockiert. Offensichtlich hat keine der bisherigen Hilfsaktionen etwas genutzt. In ihrer Verzweiflung überlegen sie daher sogar schon laut, ob es nicht sinnvoller wäre, Tyler in eine Psychiatrie einweisen zu lassen. Sie sehen keinen anderen Ausweg mehr, um ihren geliebten Sohn zu retten.

Doch der ist nicht länger bereit, so etwas mit sich machen zu lassen. Zumal der Hass auf seine Eltern quasi täglich in ihm wächst. Im Frühjahr 2011 sagt er bei mehreren Gelegenheiten Dinge wie: „Ich hasse meine Eltern“ oder „Ich hasse meine Mutter und würde sie am liebsten umbringen.“ Bei einem Familientreffen Mitte Juli im selben Jahr wirkt er

auf alle Anwesenden jedoch völlig normal.
Ein neuer Höhepunkt ist erreicht, als Tyler zwei Wochen vor der Party, die in die Geschichte eingehen wird, betrunken mit dem Auto nach Hause kommt. Um den 17-Jährigen vor sich selbst zu schützen und ihn zu bestrafen, nehmen seine Eltern ihm das Auto und auch das Smartphone weg, er kriegt Hausarrest.
Hochgradig verärgert schreibt der einem Freund, dass er seine Mutter deshalb am liebsten umbringen würde.
Am Morgen des 16. Juli 2011, dem Tag der verhängnisvollen Party, schreibt Tyler um 9:40 Uhr mit Matthew, einem anderen Schüler der Port St. Lucie High School, denn Tyler liebäugelt noch immer mit einer Mega-Party, die ganz Port St. Lucie für alle Zeit in Erinnerung bleibt. In dem Chat liest es sich so, als wäre die Party als eine Art Belohnung gedacht. Ein Bonus für den Tod der Eltern, die ihn nur noch nerven. Matthew macht sich sogar noch einen Spaß daraus, Hadley zu einem Mord an seinen Eltern anzustacheln, den der ja schon länger immer wieder androht. Vermutlich hält er den Mitschüler für ein „Weichei", das immer nur große Sprüche macht. Mit verhängnisvollen Konsequenzen. Seine Eltern sind völlig ahnungslos in Bezug auf diesen Wunsch.
Dabei treibt der Gedanke, seinen Eltern etwas anzutun, Tyler Hadley anscheinend immer intensiver um. Am Abend vor dem Samstag schockiert

er Mike M. mit der Aussage, er habe in der Nacht vorher angeblich am Bett der Eltern gestanden und überlegt, sie zu töten. Und genau 2 Tage vor dem Samstag eröffnet er beim Playstation spielen seinem Freund Markey P., er wolle seine Eltern ermorden und dann eine Mega-Party feiern. Markey hält das alles für einen verdammt schlechten Scherz, denn als Begründung dafür gibt Tyler an, so etwas habe noch niemand zuvor getan. Er wolle eine Party feiern, während die Leichen noch im Haus sind.

In der Mittagszeit des 16. Juli taucht dann der Facebook-Post auf, mit dem Tyler zu einer Party im Hause seiner Eltern einlädt. Er erntet verwirrte Reaktionen und beteuert, dass niemand sich wegen seiner Eltern Sorgen machen müsse. Die würden nicht nach Hause kommen, angeblich befinden sie sich in Orlando, Florida. Diese Aussagen irritieren Mike M. irgendwie – vor allem nach Tylers merkwürdigem Satz von letzter Nacht.

Um 20:15 Uhr die Bestätigung: Die Party findet definitiv statt! Alle sind eingeladen.

Wann es genau passiert ist, lässt sich im Nachhinein nur unsicher feststellen. Vermutlich so kurz vor 17 Uhr. Vielleicht ist es nur ein Zufall, um einen Notruf zu verhindern, aber es hat einen gewissen Zug von Ironie – Tyler entwendet als erstes die Handys seiner Eltern. Es wirkt ein wenig so, als sei dies eine Reaktion darauf, dass ihm seins vor einigen Wochen als Bestrafung weggenommen wurde.

Ob er die 3 Ecstasy-Tabletten schluckt, weil er sonst nicht den „Mut“ für die bevorstehende Tat hat oder einfach so, ist unklar. Bis die volle Wirkung eintritt, bringt er sich mit dem Song „Feel Lucky“ von Lil Boosie in Stimmung.

Schließlich kommt der ersehnte Kick und Tyler steht auf, geht in die Garage und holt sich einen Klauenhammer, der dort beim Werkzeug hängt. Den kühlen Griff des schweren Hammers in der Hand, geht der Teenager in das Wohnzimmer seines Elternhauses, wo seine Mutter gerade am Computer sitzt. 5 lange Minuten steht er dort, wartet, betrachtet den Nacken der Frau, die ihn geboren hat. Dann schlägt er zu. Mit voller Wucht auf ihren Hinterkopf. Als er seiner Mutter den Schädel zertrümmert, schreit sie noch: „Wieso?“

Sein Vater hört die Schreie seiner Frau und kommt aus dem Hauptschlafzimmer in das Wohnzimmer gelaufen. Es ist, als würde er gegen eine unsichtbare Wand laufen, als er Mary-Jo mit zertrümmertem Schädel auf dem Boden liegen sieht. Darüber sein Sohn mit dem Hammer in der Hand, an dem Blut, Haare und Hautfetzen kleben. Tyler blickt seinem Vater starr in die Augen, bis der nur herausbringt: „Wieso?“ – „Wieso verdammt nochmal nicht?“ entgegnet Tyler und schlägt auch seinem Vater solange mit dem Hammer auf den Kopf, bis er tot ist.

Der Teenager beginnt direkt danach mit dem Aufräumen: Er wickelt die zertrümmerten Köpfe der Leichen in Handtücher und schleppt diese ins

Hauptschlafzimmer, wo er sie aufs Bett wirft. Dann häuft er Bilder und Utensilien auf seine ermordeten Eltern. Unten beseitigt er das Blut – ganze 3 Stunden dauert dies.

Dann kommen die Partygäste. Rund 60 Leute kommen, einen guten Teil davon kennt Tyler nicht einmal. Sie feiern ausgelassen, spielen Beerpong, rauchen Zigaretten und trinken. Die Party ist ein echter Erfolg, allerdings wirkt Tyler angespannt, hält sich im Hintergrund. Um halb 11 trifft schließlich auch Mike M. ein. Nach einiger Zeit bittet Hadley seinen Freund, mit ihm rauszukommen, er müsse etwas mit ihm besprechen.

Vor der Tür gesteht Tyler: „Ich habe meine Eltern ermordet." Mike denkt zunächst, sein Freund wolle ihn veralbern und glaubt ihm nicht. Der weist auf die ganzen offensichtlichen Beweise hin. Das Auto seiner Mutter Mary-Jo steht noch vor der Tür, das des Vaters ist in der Garage. Außerdem sind noch Blutspuren zu sehen, etwa auf der Tastatur des Computers. Beides ist auch bereits einigen Gästen aufgefallen. Dennoch glaubt Mike seinem Freund immer noch nicht. Erst als Tyler ihm die Leichen im Hauptschlafzimmer präsentiert, lässt er sich überzeugen.

Was nun folgt, erscheint unglaublich. Denn Mike geht nicht direkt zur Polizei, sondern schießt ein Selfie mit seinem Freund und feiert weiter. Auf der Party macht die Geschichte, dass Tyler seine Eltern umgebracht habe, ebenfalls langsam die

Runde, weil er immer wieder darauf anspielt – aber alle scheinen es für einen Scherz zu halten oder sich nicht darum zu kümmern.
Erst am frühen Morgen verlässt Mike die Party-Location und reagiert nun endlich: Er alarmiert die Organisation „Crime Stoppers“, die sofort die Polizei informieren. Gerade als Tyler um 4:40 Uhr postet, dass an diesem Abend wieder eine Party bei ihm steigt, steht die Polizei endlich vor seiner Haustür.
2014 wird das Urteil in diesem Fall gesprochen: Tyler erhält Lebenslang ohne Möglichkeit auf Bewährung für einen Mord ersten Grades. Die Tat sei offensichtlich geplant und vorsätzlich geschehen, der Richter bezeichnet den 17-Jährigen sogar als „gefährlich anti-sozial“. Im Gerichtsprozess wird vom Verteidiger darauf hingewiesen, dass der Junge selbstmordgefährdet gewesen sei und unter Drogen gehandelt habe. Ein Sachverständiger fügt hinzu, dass junge Menschen bis zum 25. Lebensjahr ihr Verhalten und seine Konsequenzen noch nicht voll einschätzen könnten. Aber Tyler selbst bekennt sich als schuldig, betont nur, dass er sich das alles selbst nicht erklären könne. Seitdem ist die Hadley-Familie gespalten, sein eigener Bruder jedenfalls möchte, dass Tyler die Höchststrafe erhält.
Im Jahr 2015 hat eine Berufung Erfolg – die Begründung: Es fand keine ausreichende Erörterung einer Alternative zur lebenslangen Haftstrafe

statt. 2016 ergeht daraufhin der Beschluss, dass das Urteil des ersten Prozesses zurückgezogen wird und ein neues Verfahren stattfinden soll. Zwei Jahre später entschuldigt sich Tyler Hadley im erneuten Prozess erstmals für den Mord an seinen Eltern. Wiederholt wird er schuldig gesprochen und erhält lebenslänglich – dieses Mal wird ihm jedoch die Möglichkeit einer Bewährung eingeräumt.

KAPITEL 13: DER EINDRINGLING

(von Alexander Apeitos)

Es ist kurz nach Mitternacht am Abend des 5. Juni 2002, als das Unvorstellbare passiert: Die damals 14-jährige Elizabeth Smart wird aus ihrem Schlafzimmer heraus entführt. Monatelang ist das Mädchen wie vom Erdboden verschluckt. Erst am 12. März 2003, nach einem neun Monate andauernden Martyrium, taucht Elisabeth unvermittelt wieder auf.

Elizabeth Ann Smart wird am 3. November 1987 in Salt Lake City, Utah geboren. Sie ist das zweite von insgesamt sechs Kindern eines Architekten und einer Hausfrau. Ihre Eltern bemühen sich sehr, das Kind zu fördern, das ein besonderes musisches Talent besitzt. So entdeckt Elizabeth bereits mit 5 Jahren ihre Leidenschaft für das Harfespielen und übt seitdem jeden Tag über mehrere Stunden. Generell ist sie ein freundliches, kluges aber auch schüchternes Kind.

In der Mittelschule gibt sie bereits Konzerte und wird als Harfenistin für Hochzeiten und jährliche Herbstkonzerte gebucht. Neben der Liebe zur Musik ist sie auch eine begeisterte Reiterin und nimmt an diversen Turnieren teil.

Elizabeth besucht die Bryant Intermediate High School, an der sie am 4. Juni 2002 für ihre besondere körperliche Fitness und ihre exzellenten schulischen Leistungen ausgezeichnet wird. Sie ist ein wirklich unkompliziertes Kind.

Am selben Abend ist Elizabeths ganze Familie anwesend, um mit ihr gemeinsam die Erfolge in der Schule zu feiern.

Als sie sich nach dem Essen bettfertig macht, ahnt noch niemand, auf welche schreckliche Weise sich das ruhige Leben dieser Vorzeigefamilie jäh in den nächsten Stunden verändern wird.

Elizabeth teilt sich ein Schlafzimmer mit ihrer jüngeren Schwester Mary Katherine. Die beiden Mädchen unterhalten sich noch, bis sie schließlich in einen tiefen Schlaf fallen.

Um Mitternacht ist es völlig still geworden im

Haus, alles ist dunkel, alle Familienmitglieder schlafen tief und fest. Deshalb bekommt auch niemand etwas davon mit, dass sich ein dunkelgekleideter Mann vorsichtig dem Haus nähert. Hilft ihm der Zufall bei seinen Plänen? Da ein Fenster offen steht, ist es für ihn ein Leichtes, geräuschlos in das Haus einzudringen. Dann macht er sich auf den Weg zum Schlafzimmer von Elizabeth und Mary Katherine.

Der Eindringling ist bewaffnet, er hält ein Messer fest in seiner Hand. Die eiskalte, matt glitzernde Klinge legt er an den Hals der schlafenden Elizabeth. Mit seiner anderen Hand drückt er dem Mädchen den Mund zu.

„Ich habe ein Messer. Mach jetzt kein Geräusch", zischt er Elizabeth drohend an. Das Mädchen braucht einen Moment, um langsam wach zu werden und zu begreifen, dass der Mann kein Teil eines schlimmen Albtraumes ist. Schlagartgig spürt sie das kalte Metall an ihrer Halsschlagader. „Steig aus dem Bett und kommt mit mir mit oder ich werde dich und deine ganze Familie umbringen", befiehlt der Mann nun.

Und Elizabeth gehorcht – aus Angst um ihr Leben und aus Angst um das Leben der geliebten Familie. Sie bewegt sich so langsam und so leise sie kann. Das Mädchen steigt vorsichtig aus dem Bett und folgt dem Unbekannten aus dem Haus hinaus in den Garten. Sie ist lediglich mit einem Schlafanzug bekleidet.

Der dunkle Einbrecher führt Elizabeth hinter das Gebäude und geht in Richtung eines nahegelegenen Hügels. Sie folgt ihm widerstandslos, ist starr vor Angst und bekommt keinen Ton heraus. Der Teenager traut sich nicht einmal, sich umzusehen, denn die ganze Zeit über spürt sie den kalten Stahl des Messers in ihrem Rücken.
Wie lange sie laufen, das weiß Elizabeth nicht. Die Zeit zerdehnt sich in diesen Momenten der extremen Anspannung – aus Minuten werden Stunden. Nachdem das Mädchen und der Entführer den Hügel überquert haben, führt er sie in ein kleines Waldstück, wo er dann unvermittelt stoppt.
Sie sind angekommen.
Inmitten des kleinen Wäldchens ist ein Zelt zu sehen, auf dem Boden sind Plastikplanen ausgebreitet. Hinter dem Zelt gähnt ein großes Loch im Waldboden, welches größtenteils mit Baumstämmen und Dreck verdeckt ist.
Wo bin ich, warum bin ich hier, was will der Mann von mir und werde ich jemals wieder nach Hause kommen? Solche Fragen gehen Elisabeth in diesem Moment unaufhörlich durch den Kopf. Das junge Mädchen versucht gerade noch ihre Gedanken zu ordnen, als eine Frau aus dem Zelt tritt.
Sie kommt direkt auf Elizabeth zu, greift deren zitternde Hand und zieht das Mädchen hinter sich in das Zelt, wo sie es zwingt, sich auf einen umgedrehten Eimer zu setzen. Überall sind Dreck, Spinnen und Mäuse.

Die Frau beginnt unvermittelt, an Elizabeths Schlafanzug zu zerren.
Elizabeth wehrt sich dagegen, weigert sich, sich entkleiden zu lassen. Immer wieder fragt sie die Frau unter Tränen, was sie von ihr wollen und bettelt sie an, sie gehen zu lassen.
Doch die schweigende Frau ist unerbittlich und lässt nicht von Elizabeth ab. Dann erklärt Elizabeth schließlich, dass sie sich selber ausziehen will. Außerdem habe sie vor dem ins Bett gehen schon gebadet und müsse also nicht mehr gewaschen werden.
Wortlos reicht die Frau dem Mädchen daraufhin eine Robe und lässt von Elizabeth ab. Dann hebt sie den Schlafanzug vom Boden auf und verlässt das Zelt. Elizabeth weint. Sie ist so von Angst erfüllt, dass ihr übel wird.
Wie geht es meiner Familie? Hat der Mann sie umgebracht? Was wird er mir antun? Diese Gedanken kreisen unaufhörlich in dem Kopf des entführten Mädchens umher.
Dann öffnet sich die Zelttür. Der unbekannte Mann kommt herein. Auch er hat sich umgezogen und trägt nun ebenfalls eine weiße Robe. Er tritt direkt auf Elizabeth zu, kniet sich vor sie und erzählt ihr, dass sie nun seine Ehefrau werden wird und sie ihren ehelichen Pflichten nachzukommen habe.
Ihre Entführer sind der 49-jährige Brian Mitchell, ein selbst ernannter Prophet namens Immanuel, und seine Ehefrau und Schülerin, die 56-jährige

Wanda Barzee. Dass Elizabeth ihrem Entführer schon einmal begegnet ist, wird ihr später noch auffallen.

Die Entführer

Brian David Mitchell wird am 8 Oktober 1953 in Salt Lake City als drittes von sechs Kindern geboren. Seine Eltern, Irene und Shirl Mitchell, sind Mormonen und erziehen ihre Kinder den strengen Vorschriften dieser Glaubensgemeinschaft entsprechend. Zugleich jedoch werden die Kinder durch den Vater ebenfalls schon sehr früh mit pornografischen Fotografien konfrontiert, um ihnen den Sexualakt beizubringen.
Überhaupt muten seine Erziehungsmethoden eher seltsam an: Um Brian eine wichtige Lektion für sein Leben zu erteilen, setzt Shirl den damals 12-jährigen Jungen in einem ihm völlig unbekannten Stadtviertel aus und gibt ihm die Anweisung, alleine zurück nach Hause zu finden. Je älter Brian wird, desto mehr isoliert er sich von seinem Umfeld. Zu seinen Eltern hat er ein sehr schlechtes Verhältnis und als er 16 Jahre alt ist muss er in den Jugendarrest, weil er sich vor einem Kind nackt ausgezogen hat.
Nach seiner Entlassung wird Brian schließlich zu seiner Großmutter geschickt, bei der er von nun an leben soll. Hier kommt er in Kontakt mit Drogen und Alkohol, die er zu konsumieren beginnt.

Schließlich bricht der junge Mann die Schule einfach ab.
Mit 19 verlässt Brian den Staat Utah und heiratet die 16-jährige Karen M. Schnell gründen die beiden eine eigene Familie. Während ihrer gerade einmal zweijährigen Beziehung kommen ihre zwei gemeinsamen Kinder zur Welt, deren Sorgerecht Brian nach der Trennung zugesprochen bekommt. Karen ist zu dieser Zeit schwer drogenabhängig.
1980 kommt es erneut zu einer radikalen Wendung in Brians Leben: Nach einem religiösen Gespräch mit seinem Bruder tritt Brian der Kirche Jesu Christi der Heiligen der Letzten Tage bei. Diese Gemeinschaft gilt als eine Splittergruppe der Mormonen und ist neben dem Judentum die drittgrößte Glaubensgemeinschaft in den USA.
Im folgenden Jahr heiratet er seine zweite Frau Debbie, die drei Kinder mit in die Ehe bringt. Gemeinsam bekommen sie noch zwei weitere Kinder, die jedoch nur wenige Monate nach ihrer Geburt in eine Pflegefamilie kommen.
1984 reicht Brian die Scheidung ein. Er behauptet, Debbie sei ihm und den Kindern gegenüber gewalttätig. Debbie dagegen sagt aus, Brian habe sich von einem sanftmütigen zu einem beleidigenden, aggressiven Ehemann gewandelt. Laut ihren Angaben schreibt er ihr sogar vor, was sie anziehen soll und was sie essen darf, außerdem sei sein enormes Interesse an Satan beängstigend.

Nach der Scheidung meldet Debbie dem Jugendamt, dass Brian ihren 3-jährigen Sohn vergewaltigt habe. Dieser Missbrauch kann jedoch nicht nachgewiesen werden.
Noch im selben Jahr berichtet Debbies Tochter ähnliches. Sie gibt an, sie sei über mehrere Jahre hinweg von Brian vergewaltigt worden. Auch dieses Mal zeigt Debbie ihren Ex-Mann an, dennoch kommt es in diesem Fall ebenfalls nie zu einer Anklage.
Noch am selben Tag, an dem Debbie und Brian sich scheiden lassen, heiratet Brian die 40-jährige Wanda Barzee.

Wanda Barzee ist eine alleinerziehende Mutter von sechs Kindern, die ihren Ex-Mann verlassen hat.
Nur kurze Zeit nachdem sie Brian Mitchell geheiratet hat, zieht sie gemeinsam mit ihren Kindern zu ihm. Im Großen und Ganzen kommen Brian und Wandas Kinder zunächst gut miteinander klar, doch mit der Zeit fühlen diese sich allerdings auf Grund seines seltsamen Verhaltens immer unwohler in seiner Nähe.
Brians Ansicht zur Religion wird zudem immer extremer. Eines Nachts weckt er seinen Stiefsohn und erzählt ihm, er habe gerade mit Engeln gesprochen.
1990 ändert er seinen Geburtsnamen in den biblischen Vornamen Immanuel („Gott ist mit uns“), tritt aus seiner Kirche aus und bezeichnet sich von nun an selbst als Prophet Gottes.

Wanda wird zu Brians Schülerin und stellt sich selbst fortan als den „Schmuck Gottes“ vor. Im Winter 2001 zieht das Ehepaar zurück nach Salt Lake City, in dieselbe Nachbarschaft, in der auch die Familie Smart wohnt.

Die erste Vergewaltigung

Nachdem Brian Mitchell seine Hochzeitszeremonie beendet hat, zieht er Elizabeth von dem Metalleimer, auf dem sie sitzt, grob herab und wirft sie auf den Boden.
Er reisst ihr die Robe vom Körper und beginnt, den vierzehnjährigen Teenager zu vergewaltigen. Elizabeth fleht ihn unter Tränen immer wieder an, doch bitte aufzuhören und sie gehen zu lassen - aber es hilft nichts. Vielmehr wirkt es so, als würden ihn ihre Verzweiflung und ihr Betteln nur noch anspornen.
Als Mitchell fertig ist, lässt er die geschändete Elizabeth zusammengekauert auf dem Zeltboden liegend zurück. Vor lauter Erschöpfung durch die Tortur schläft das junge Mädchen schließlich ein.
Als Elisabeth wieder wach wird, ist Mitchell bereits anwesend: Er kniet schon wieder über ihr. Erneut vergewaltigt er sie, dann wickelt er ein dickes Metallkabel um ihren Fuß und befestigt das andere Ende an einem nahen Baum.
Elizabeth ist seine Gefangene. Unfähig ihrem Peiniger zu entkommen, muss sie ihm jederzeit zu

Willen sein. Immer wann es ihm in den Sinn kommt, muss sie sich ihm hingeben. Oft mehrmals am Tag.

Wenn sie es einmal wagt, nicht zu tun, was er verlangt, wird sie heftig geschlagen, manchmal sogar gefoltert.

Elizabeth wird außerdem gezwungen, Alkohol zu trinken und Drogen zu nehmen, um dadurch gefügiger zu werden.

Teilweise erhält sie tagelang nichts zu essen oder zu trinken. Auch eine Toilette oder eine Dusche gibt es in ihrem Gefängnis nicht.

Elizabeth verbringt die ersten Monate nur in dem Zelt. Angekettet und immer wieder Misshandlungen ausgesetzt.

Die Zeit im Zelt verbringt das Mädchen ansonsten vor allem mit Warten und Grübeln. Hin und wieder predigt Brian Mitchell ihr gegenüber stundenlang über seine Mission und seinen Glauben. Mehrfach spricht er darüber, dass er im Namen Gottes noch sechs weitere Mädchen entführen und heiraten will.

Die Wende kommt gänzlich unerwartet, Elisabeth hat sich zu diesem Zeitpunkt bereits nahezu in ihr Schicksal ergeben. Als selbsternannte Prophet nach einem Ladendiebstahl für eine Woche ins Gefängnis muss, sind Elizabeth und Wanda Barzee auf sich allein gestellt.

Mittlerweile glaubt Elizabeth sogar schon, dass sie verdursten wird. Denn sie hat bereits seit mehreren Tagen kein Wasser mehr zu trinken bekommen. Nur weil durch Zufall ein starker Platzregen herunterkommt, können die beiden Frauen ihren schlimmen Durst lindern. Dieser unerwartete Regen hat ihnen vermutlich sogar das Leben rettete.

Als Brian Mitchell zum Versteck zurückkehrt, lockert er die Bedingungen von Elizabeths Gefangenschaft ein wenig. Er ist sich ihrer inzwischen bereits sehr sicher.

Deshalb darf das Mädchen ihn sogar mit in die Stadt begleiten.

Während dieser Ausflüge ist Elizabeth unter einem langen Gewand versteckt, ihr Gesicht ist mit einem Schleier verhüllt und es ist ihr verboten zu reden.

Als sie eines Tages von einem Polizisten in einer Bücherei angesprochen wird, bietet sich Elizabeth unerwartet eine wichtige Chance, endlich aus der Gewalt ihrer Peiniger gerettet zu werden. Doch das Mädchen ist so verschüchtert, dass es im Angesicht der Freiheit dennoch kein Wort über die Lippen bringt. Elisabeth geht stillschweigend weiter und begleitet Mitchell zurück ins Versteck.

Am 12. März 2003 verlassen Brian Mitchell und Wanda Barzee gemeinsam mit Elisabeth nach 9 Monaten im Zelt ihr Versteck und kehren in die Stadt zurück. Hier wollen sie sich ein neues Quartier suchen, so sicher fühlen sie sich inzwischen.

Elizabeth wird allerdings von ihnen verkleidet, um sie unkenntlich zu machen. Sie trägt eine

grauhaarige Perücke, ein langes Gewand, ein Kopftuch und eine Sonnenbrille. Zusammen bieten die drei einen extrem seltsamen Anblick, sodass sich unwillkürlich alle Blicke auf sie richten. Nun geschieht das Unglaubliche! Ist es ein Wink des Schicksals oder greift der Himmel persönlich ein? Ein Passant meint, Elizabeth Smart in der seltsam gekleideten Frau wiederzukennen. Er alarmiert die Polizei.
Wenige Minuten später wird das Trio von der Polizei angehalten. Es dauert auch jetzt noch mehrere Minuten, bis Elizabeth endlich all ihren Mut zusammen nimmt und die Frage nach ihrem Namen tatsächlich beantworten kann.
Obwohl Mitchell noch immer intensiv versucht, die Polizisten loszuwerden, drängt ein Polizist die verkleidete Frau zu einer Antwort. Und schließlich formen deren Lippen den erlösenden Satz:
„Ich bin Elizabeth Smart!"
Ihre Peiniger, Brian Mitchell und Wanda Barzee werden noch vor Ort festgenommen.
Bis es endlich zu einer gerichtlichen Verurteilung der beiden kommt, werden jedoch insgesamt 7 lange Jahre vergehen.
Nach der Verhaftung von Mitchell und Barzee folgen diverse gerichtliche und außergerichtliche Anhörungen, Krankenhausaufenthalte und psychiatrische Untersuchungen des Paares. Gutachter halten beide Täter für nicht schuldfähig.
Brian Mitchell weigert sich, Aussagen zur Entfüh-

rung von Elizabeth Smart zu machen. Immer wieder beginnt er im Gerichtsaal Hymnen zu singen und bewirkt so die Verschiebung der Anhörung.
Nachdem für Wanda Barzee eine Zwangseinnahme von Medikamenten angeordnet wurde, steht sie 2009 endlich vor Gericht. In dem Prozess bekennt sie sich schuldig der angeklagten Taten und wird zu einer 15-jährigen Haftstrafe verurteilt.
Brian Mitchell hingegen bleibt bei seiner Taktik, nicht verhandlungsfähig zu sein. Elizabeth Smart aber gibt nicht auf, das Gericht davon zu überzeugen, dass er seine Geisteskrankheit nur vortäuscht. Schließlich steht Mitchell 2010 erneut vor Gericht. Am 11. Dezember Erfolg der erlösende Schuldspruch. 7 Jahre nach der Tat verurteilt die Jury Brian Mitchell zu einer lebenslangen Haftstrafe.

Heute ist Elizabeth Smart eine junge Frau mit einer Mission. Schon kurz nach ihrer Rückkehr in das elterliche Hause besucht sie wieder die Schule, macht ihren Abschluss und studiert Musik an der Brigham Young University.
Des Weiteren engagiert sie sich für Opfer, die ähnliches erlebt haben und wirkt beim Verfassen des Hilfe-Handbuchs für Entführungsopfer des US-Justizministeriums mit.
Mittlerweile ist Elizabeth Smart eine präsente Persönlichkeit in den US-Medien, die es sich zum Ziel gesetzt hat, anderen Opfern Mut zu machen und

ihnen zurück ins Leben zu helfen.
In Interviews erzählt sie eindringlich und detailliert von ihren Erlebnissen und geht auch auf die Frage ein, ob es keine Möglichkeit für sie gab, ihren Entführern zu entkommen.
Diese gab es tatsächlich.
Der wichtigste Hinweis auf Elizabeths Entführer kam einige Wochen nach ihrer Entführung – und zwar von einer Familienangehörigen.
Ihre Schwester Mary Katherine lag in der Nacht der Entführung wach im Bett. Sie war erstarrt vor Angst, konnte sich nicht bewegen. Doch die Silhouette des Entführers wird sie nicht vergessen. Und eines Tages fällt ihr tatsächlich ein, an wen sie diese erinnert: an einen Handwerker, der hin und wieder im Haus der Smart-Familie gearbeitet hat. Sein Name war Immanuel.
Dass es sich bei diesem Immanuel tatsächlich um den Entführer ihrer Schwester Elizabeth handelte, ahnte damals jedoch niemand.
Ein andermal hörte Elizabeth ihren Onkel ganz in der Nähe ihres Verstecks nach ihr rufen. Häufig seien auch Hubschrauber über dem Lager umhergekreist.
Aber immer war diese entsetzliche Angst in ihr. Die Angst davor, Brian Mitchell würde ihr oder ihrer Familie etwas antun, wenn sie es wagt, sich bemerkbar zu machen.
„Ich habe mich während meiner Gefangenschaft dafür entschieden weiterzuleben, egal was pas-

siert. Ich wusste, dass ich eines Tages wieder bei meiner Familie sein werde.“

Elizabeth ist inzwischen verheiratet und Mutter einer Tochter.

Im Oktober 2013 veröffentlicht Elizabeth Smart ihre 308 Seiten umfassende Memoiren mit dem Titel „My Story“. Das Buch beschreibt die Entführung und die Gründung der Elizabeth Smart Foundation und versucht, das allgemeine Bewusstsein für Entführungen zu vergrößern.

KAPITEL 14:
DAS GESCHENK

Hilf mir! Bitte hilf mir! Die todgeweihte Frau ringt krampfhaft nach Atem. Sie kämpft gegen die Schmerzen aufgrund des fortschreitenden Organversagens. Ihr Krankenzimmer auf der Intensivstation ist abgedunkelt, überall um das Bett herum stehen lebenserhaltende Maschinen und flimmern Monitore. Auf einem sind die schwächer und unregelmäßiger werdenden Ausschläge des Herzens zu sehen. Begleitet von dem typischen Tonsignal, das nun einfach nur in den Ohren schmerzt und dröhnt. Ein Widerhall, der gnadenlos anzeigt, wie das Leben aus Nancy Dillards Körper rinnt. Die ganze Zeit ist ihr Mann Richard Lyon unermüdlich an der Seite seiner leidenden Ehefrau und spendet ihr Trost. Als er kurz vor die Tür geht, um wieder Kraft zu schöpfen, will Nancys Hausarzt, Dr. Ali B., nach seiner Patientin sehen. Gleitet sie bereits ins Delirium hinüber, weiß sie überhaupt, dass ich nicht Richard bin? – fragt sich der Arzt hilflos. Dann bäumt sich die Mutter von zwei kleinen Kindern mit letzter Kraft noch einmal auf, ehe sie für immer ins Bett zurücksinkt: „Bitte, ich will nicht sterben!"

Nancy Cooke Dillard wird am 6. August 1953 in New York, USA geboren. Die Familie Dillard gehört zur sogenannten guten Gesellschaft, denn „Big Daddy", wie Nancys Vater William Dillard liebevoll-ehrfürchtig von allen genannt wird, ist finanziell unabhängig, hat beste Beziehungen und einflussreiche Freunde an den richtigen Stellen. Er hat ein Vermögen gemacht durch lukrative Immobiliendeals. Gemeinsam mit ihren beiden Brüdern wächst die intelligente und extrovertierte Nancy in der Manier einer typischen Upperclass-Familie auf.

Einen ganz anderen familiären Background hat dagegen der am 22. April 1957 zur Welt gekommene Richard Allen Abood Lyon. Er stammt aus einer Familie der unteren Mittelschicht, gläubige Menschen; sein Vater ist Versicherungsvertreter, seine Mutter arbeitet als Hilfslehrerin. Richard ist ein angenehmes, unkompliziertes Kind, das wenig auffällt. Er ist gut, ja sogar sehr gut in der Schule und zudem auch noch geschickt mit seinen Händen. Die Eltern sind ausgesprochen stolz, als ihr

Sohn schließlich 1979 an der Eliteuniversität Harvard angenommen wird, wo er sich für ein Studium der Landschaftsarchitektur einschreibt.
Eine seiner Kommilitoninnen ist die schlanke Nancy mit dem strahlenden Lachen. Dass ausgerechnet sie beginnt, sich für den jungen Mann aus kleinen Verhältnissen zu interessieren, muss für ihn verwirrend gewesen sein. Denn er meint instinktive zu wissen: Selbst wenn Nancy ihn vorbehaltslos liebt, dann werden ihre Eltern in ihm sicherlich dennoch für alle Ewigkeit nur den Emporkömmling sehen, einen Mann, der sich quasi in ihre Reihen „hochgeschlafen“ hat.
Doch der fröhlichen, unbekümmerten Nancy gelingt es, Richards Zweifel zu zerstreuen. Die beiden sind von nun an unzertrennlich. Sie arbeiten engagiert und hart an ihren Projekten und fallen nach getaner Arbeit vor Erschöpfung ins Bett. Egal was sie tun, stets ist Nancy diejenige, die den aktiven Part innehat, die die Projekte durchdenkt und plant. Der zurückhaltendere Richard dagegen geht mit großer Energie an die konkrete Umsetzung. Irgendwann fangen Sie an, sich gegenseitig Ausarbeitungen zu schreiben. Damit niemand etwas bemerkt, üben sie solange, bis sich ihre Handschriften zuletzt nahezu gleichen. Eine weitere Besonderheit ist das Türschild ihrer gemeinsamen Studentenwohnung: Denn hier taucht nur der Name Dillard auf. Und auch ans Telefon geht nur Nancy, denn Big Daddy und die restlichen Dillards

dürfen lange Zeit nicht wissen, dass das ungleiche Pärchen zusammen ist.
1982 heiraten die beiden endlich und ziehen nach Dallas, Texas. Dort hat Big Daddy für Nancy einen Job bei einem ehemaligen Geschäftspartner, dem Unternehmen Trammell Crow, organisiert. Aber auch Richard findet eine Anstellung. Sie mieten ein Zwei-Parteien-Haus mit einer großzügigen Veranda und einem Garten hinter dem Haus. Zunächst ist es eine eher heruntergekommene Bleibe, doch Nancy und Richard zaubern daraus Schritt für Schritt ein wunderschönes, heimeliges Zuhause mit einem blühenden, vor Leben strotzenden Garten. Ein Paradies für ihre beiden Töchter, Anna und Allison, die schließlich geboren werden. Für Richard sind sie sein Ein und Alles, er liebt die Mädchen aus tiefstem Herzen. Er verbringt so viel Zeit mit ihnen wie möglich, spielt mit ihnen und baut Hasenställe.
Mit in dem Zwei-Parteien-Haus wohnt die Journalistin Gayle G., deren kleiner Sohn Shawn oft Zeit bei den Lyons verbringt. Das Verhältnis der beiden Familien, die so dicht zusammenleben, ist freundlich – aber sehr lose. Jeder versucht, trotz der Enge die eigene Privatsphäre zu wahren. Dennoch lässt es sich nicht vermeiden, dass Gayle G. bemerkt, dass sich in der Beziehung von Nancy und Richard etwas verändert. Vielleicht liegt es daran, dass Nancy in immer höhere Positionen aufsteigt und schließlich sogar Teilhaberin wird, während

die Karriere des zurückhaltenden Richard stagniert. Sie selbst berichtet anderen gegenüber, ihr Ehemann habe so eine Art Midlife-Crisis. Vielleicht liegt es auch an der Sexual-Therapie, in die sich Nancy 1989 begibt, weil sie kein Interesse mehr an einer intimen Beziehung hat. Hierbei kommt heraus, dass es wohl während der Kindheit von 1961 bis 1967, Begegnungen mit einem ihrer Brüder gab, die das Ausmaß von normalen Doktorspielen überschritten. Etwas, was die Dillard-Familie unter den Teppich kehrte. Doch nach der Therapie war Sex auch weiterhin kein Thema mehr bei Nancy und Richard. In jedem Fall kühlt das Verhältnis der beiden zusehends ab.
Vielleicht ist das auch der Grund, weshalb Richard sich schließlich in eine Affäre stürzte – mit Tami Ayn G. Einer jungen zielstrebigen Frau, die in der gleichen Firma angestellt war. Er beginnt, immer mehr Zeit mit der Neuen zu verbringen, kommt eigentlich nur noch nach Hause, um seine beiden kleinen Mädchen zu sehen – und um die Feuerameisen zu bekämpfen, die sich im Garten eingenistet haben. Weil sie so hartnäckig sind, kommt schließlich sogar Arsen zum Einsatz. Nancy ist enttäuscht und wütend In dieser Zeit verliert sie ihr strahlendes Lächeln. Sie macht Richard heftige Vorwürfe, vor allem als er das gemeinsame Konto leer räumt, um seiner Geliebten einen Ring für 4.900 Dollar zu kaufen. Heißt es bei den Diskussionen womöglich auch, dass ihre Eltern sie vor ihm ja immer schon

gewarnt hätten? Die Nachbarin Gayle hat immer ein offenes Ohr für Nancy, wenn Richard wieder einmal für Tage fort ist. Gayle bedauert die erst zornige, dann aber zunehmend depressive Frau. In den schlimmsten Phasen versorgt sie die Nachbarin sogar mit Essen und kümmert sich gelegentlich um die Mädchen.

Irgendwann rafft sich Nancy zu einem Entschluss auf, sie will endlich die Scheidung von Richard. Sie macht reinen Tisch und streicht ihren Mann zudem direkt aus ihrer 500.000 Dollar Lebensversicherungs-Police – ohne ihn darüber zu informieren. Und ihre neue Entschlossenheit bringt eine Wendung – denn kurze Zeit später kommt Richard wieder zu ihr zurück. Er verspricht, dass er die Beziehung zu seiner Geliebten beendet und sie nicht mehr sehen wird. Das Leben der Familie Dillard Lyon scheint tatsächlich wieder in seine alten Bahnen zu kommen – der Garten hinter dem Haus erblüht erneut unter Richards Händen, es ertönt Kinderlachen und auch Nancy scheint sich wieder zu erholen.

In der Zeit ist Richard wieder so besorgt um seine Frau und so fürsorglich wie früher. Er geht wieder mit ihr ins Kino, dass ihr das Getränk nicht schmeckt, das er ihr holt, dafür kann er nichts. Offenbar war der Automat verunreinigt, denn oben auf schwimmt ein komisches Pulver.

Weil es Nancy immer mal wieder schlecht geht, besorgt Richard für sie sogar Vitaminpillen, die er ihr

gibt. Alle hoffen, dass ihre unerklärlichen gesundheitlichen Probleme bald wieder vergessen sind.
Als eines Morgens der Geschenkkorb mit der Weißweinflasche darin auf der Veranda vor der Haustür der Lyons steht, freuen sich alle über das nette, unerwartete Präsent – auch wenn der edle Spender sich nicht zu erkennen gibt. Der Korken ist leicht beschädigt, doch sonst ist nichts Auffälliges zu bemerken. Erst einige Tage später öffnet Nancy die Flasche, um ein Glas Wein zu trinken.
Noch am selben Tag geht es ihr plötzlich so schlecht, dass Richard sie ins Krankenhaus fährt. Er bittet noch seine Nachbarin, sich um die Kinder zu kümmern, dann hilft er seiner Frau fürsorglich die Treppe hinunter.
Im Krankenhaus können die Ärzte keine Ursache für Nancys katastrophalen Zustand entdecken. Fieberhaft werden Tests gemacht, um herauszufinden, wieso es ihr zusehends schlechter geht. Die ganze Zeit zittern die Familien der Dillards und der Lyons um Nancy – allerdings in unterschiedlichen Räumen. Denn noch immer sieht der Clan um Big Daddy Richards Familie schlicht als nicht ebenbürtig an. Richard wacht fast die ganze Zeit am Bett seiner Frau, verlässt es nur kurz, als ihr Hausarzt Dr. Ali B. einmal zu ihr geht. Der Ehemann macht einen gefassten Eindruck, wird sogar dabei gesehen, wie er mit den Ärzten scherzt. Irgendwann fällt Nancy jedoch ins Koma. Noch während der Streit darum tobt, ob es in Ordnung ist, dass Richard die Anwei-

sung gibt, die lebenserhaltenden Maschinen auszuschalten, verstirbt sie. Sieben Stunden ringt Nancy Dillard Lyon um ihr Leben, das jäh am 14. Januar 1991 ein Ende findet, mit gerade einmal 37 Jahren.
Der Tod von Nancy ist ein schwerer Schlag für ihre Kinder und die Dillard-Familie, vor allem weil 1986 Sohn Thomas bereits an einem Gehirntumor verstorben ist. Sie tun alles, um eine Obduktion zu erreichen. Das Ergebnis ist schockierend: In Leber und Nieren sowie in den Haaren von Nancy Dillar Lyon wird Arsen gefunden. Eine so große Menge, dass eins sofort klar ist: Sie wurde vergiftet! Ebenso belegen die Haare, mehrere Giftattacken.
Die Nachricht ist ein entsetzlicher Schlag für alle, Richard ist fassungslos. Doch was er nicht erfährt, ist das, was Dr. Ali B. den Ermittlern bei der Polizei berichtet: Als er bei Nancy im Krankenzimmer war, nahm sie die Beatmungsmaske kurz ab und erzählte von dem Wein mit dem defekten Korken. Die Dillards wiederum erfahren von Nancys Scheidungsanwältin, dass diese ihr gegenüber ebenfalls eine ähnliche Vermutung geäußert hat. Sie hätte geglaubt, dass sie schon länger von ihrem Ehemann vergiftet wird. Die Ermittler bitten daraufhin alle, sich die nächste Zeit nichts anmerken zu lassen, denn für die folgenden Untersuchungen wäre etwas Zeit erforderlich.
Dies gelingt, auch wenn es eine große Herausforderung ist. Denn schon wenige Tage nach Nancys Tod taucht im Zwei-Familien-Haus die Geliebte von Ri-

chard auf und bleibt in der nächsten Zeit auch immer wieder einmal über Nacht.
Ein halbes Jahr später wird am 2. Dezember 1991 endlich Anklage erhoben – und Richard Lyon steht als angeblicher Täter vor Gericht. Es gibt zahlreiche Indizien, die eindeutig gegen ihn sprechen. Nicht nur die Aussagen seiner eigenen Frau belasten ihn, die Nanny der Dillards hat die fraglichen Vitaminpillen gefunden und in zwei Kapseln war tatsächlich das Gift Bariumcarbonat. Zudem wurde in einem Schuppen im Garten Arsen gefunden. Und auch die Tatsache, dass er möglicherweise nicht informiert war, dass seine Ehefrau ihn aus ihrer 500.000 Dollar Lebensversicherung gestrichen hat, spricht gegen ihn. Die Schlinge scheint sich immer enger zuzuziehen. Aber dann folgt die Stunde der Verteidigung: Diese lässt als Beweismittel handgeschriebene Briefe und Tagebucheinträge in die Verhandlung einführen – allesamt mit Nancys Handschrift, wie ein Gutachter der Verteidigung bestätigt. Darunter sind einige Schreiben, die den angeblichen Missbrauch durch den Bruder thematisieren, wodurch auch dieser zum möglichen Täter wird. Außerdem rückt ein Teilhaber von Trammell Crow ins Visier, der der Unterschlagung verdächtigt wurde. Wollte dieser verhindern, dass Nancy gegen ihn aussagt? Ja sogar Nancy selbst wird vom Verteidiger in Frage gestellt: Könnte es sich nicht vielleicht um Selbstmord gehandelt haben? Schließlich litt sie an De-

pressionen! Dies sollen Rechnungen für Arsen(III)-oxid und Bariumcarbonat belegen, die laut Unterschrift von Nancy selbst gekauft wurden. Und auch die Feuerameisen sind Thema, denn diese sollten mit den giftigen Chemikalien angeblich bekämpft werden.

Nach diesen Ausführungen wirkt es tatsächlich so, als hätte Richard Lyon eine Chance als Freigesprochener das Parkett zu verlassen. Die Jurymitglieder kommen ins Zweifeln. Bis zu dem Moment, als ein weiterer Sachverständiger aufgerufen wird: ein Graphologe und pensionierter FBI-Beamter. Dessen Aussage bringt die entscheidet Wende. Er kann anhand eines Vergleichs von Schriftproben nachweisen, dass die vermeintlichen Briefe und Tagebucheinträge von Nancy in Wahrheit höchstwahrscheinlich von Richard gefälscht worden sind. Ebenso die Rechnungen, die vom Inhaber der Firma Chemical Engineering Co. ganz klar als schlechte Fälschungen identifiziert werden. Und sogar die Geliebte, Tami Ayn G. trägt ihr Teil dazu bei: Sie berichtet, Richard habe sie über den Grund für den Krankenhausaufenthalt seiner Frau belogen, angeblich hätte sie eine Blutkrankheit.

Am 19. Januar 1992 endet der Prozess. Die Beratungen dauern nicht lange: Schon nach wenigen Stunden verkündet die Jury ihren Urteilsspruch. In ihren Augen ist der zu diesem Zeitpunkt gerade einmal 34 Jahre alte Richard Lyon schuldig des Mordes durch Vergiftung an seiner Frau. Er be-

kommt lebenslänglich und muss zudem 10.000 Dollar Strafe zahlen.
Sein Motiv? Ist nach wie vor unklar. Viele vermuten, dass Richard seine Frau umbrachte, um endlich frei zu sein für die neue Frau an seiner Seite, ohne auf die Annehmlichkeiten eines Oberklasse-Lebens verzichten zu müssen. Auch die Lebensversicherungs-Police könnte eine Rolle gespielt haben – wenn er nicht wusste, dass er nicht mehr der Begünstigte war. Oder hatte er Angst, seine beiden Mädchen im Falle einer Scheidung an die Dillard-Familie zu verlieren – ohne Chance, sie jemals wiederzusehen?
Aber was wäre, wenn die latent inzestuöse Beziehung zum Bruder doch eine wichtigere Rolle gespielt hätte? Wenn der angeblich verbrecherische Geschäftspartner doch nicht der enge Freund war, als der er von Big Daddy hingestellt wurde? Oder wenn Nancy selbst so hasserfüllt und zum Äußersten entschlossen gewesen wäre, um sich an ihrem ehebrecherischen Mann ohne Rücksicht auf Verluste zu rächen?
Die Kernfrage des Falls ist: Welcher Graphologe hat Recht?
2006 und 2016 hat Lyon versucht, eine Bewährung zu erreichen. Diese wurde ihm in beiden Fällen versagt. Noch immer beteuert er, dass er seine Frau nicht umgebracht hat. Er hat auch zahlreiche Rechtshilfe-Organisationen um Unterstützung angeschrieben, die aber ebenfalls abgelehnt haben

ihm zu helfen.
Nancy hinterlässt zwei Kinder, Anna und Allison. Es ist nicht bekannt, wer die Vormundschaft für die beiden übernommen hat, als ihr Vaters verurteilt wurde und ins Gefängnis musste. Inzwischen sind die Beiden erwachsen. Doch wie schlimm muss es sein mit dem Verdacht aufzuwachsen, dass der liebevolle, fürsorgliche Vater die eigene Mutter langsam und qualvoll umgebracht hat? Hat er tatsächlich in Kauf genommen, dass seine beiden Lieblinge aufgrund niederer Beweggründe zu Vollwaisen werden?
Ein grausamer Tod ist schrecklich, aber kaum etwas ist so schwer zu ertragen wie die Ungewissheit.

SCHLUSSWORT DES AUTORS

Liebe Leserin, lieber Leser,
Ich hoffe, die vorgestellten Kurzgeschichten haben Sie so sehr bewegt, wie sie mich beim Schreiben berührt haben. Lassen Sie uns alle mit aufmerksamen Augen für die Nöte anderer durch die Welt gehen und somit hoffentlich vielen weiteren Tragödien vorbeugen.

An dieser Stelle möchte ich meiner Frau Selina und meine Kinder Thalea, Matteo und Liana danken. Kein Satz der nun folgt, würde im Ansatz dem gerecht was ich für euch empfinde. Danke auch an Dr. Stefanie Gräf für die großartige Zusammenarbeit - bei Fragen zu den psychologischen Hintergründen, die Hilfe bei der Recherche und dem Lektorat.

Darf ich Sie, liebe Leser, zum Abschluss noch um einen Gefallen bitten? Ich komme aus dem Süden Deutschlands. Hier sagen wir oft mit einem Augenzwinkern: „Nicht gemeckert ist genug gelobt“. In der Tat habe ich jahrelang Bücher erworben und nur in ganz seltenen Fällen ein positive Rezension

hinterlassen. Viele der Bücher fand ich großartig und trotzdem habe ich stattdessen meistens nur dann eine Bewertung abgegeben, wenn mir etwas nicht gefallen hat. Damit bekommen die negativen Äußerungen jedoch ein viel stärkeres Gewicht. Seitdem ich als Autor erleben durfte, wie wichtig Bewertungen in unserem digitalen Zeitalter sind und Meinungen gegensätzlicher nicht ausfallen können, habe ich diese Prägung abgelegt und hinterlasse nun bei jedem gekauften Produkt eine Bewertung. Vor allem wenn ich es gut fand. Machen Sie es mir gleich!
Bei unabhängigen Autoren fällt die öffentliche Meinung stark ins Gewicht. Rezensionen entscheiden über Erfolg oder Misserfolg eines Buches. Sie entscheiden darüber, ob ein Buch gefunden und gelesen wird und ob ein Autor seinen Traum leben kann oder nicht.

Mein Traum ist es weitere Fälle weltweit zu recherchieren und als Kurzgeschichten zu veröffentlichen. Helfen Sie dabei! Welchem Land sollte ich ihrer Meinung nach mein nächstes Buch widmen? Senden Sie mir ihre Kritik, Ideen, Rückmeldungen und Inspirationen unter AdrianLangenscheid(at) mail.de und hinterlassen Sie gleich im Anschluss eine Rezension. Ein kurzer Satz genügt bereits. Ich zähle auf Sie. Besten Dank im Voraus und bis zum nächsten Mal.

Ihr Adrian Langenscheid

Folgen Sie mir auf:
Instagram: @truecrimedeutschland

Facebook: https://www.facebook.com/True-Crime-Deutschland-Adrian-Langenscheid

TRUE CRIME DEUTSCHLAND:

Wahre Verbrechen - echte Kriminalflle

Adrian Langenscheid

Im Juni 2019 erschien Adrians Debüt. Noch im selben Monat stürmte das True Crime Buch, des bis dato noch unbekannten Schriftstellers Platz 1 der Amazoncharts in der Kategorie Mord. In fünfzehn True Crime – Kurzgeschichten erzählt Adrian einige der spektakulärsten deutschen Kriminalfälle der letzten Jahrzehnte. Lassen Sie sich von dreizehn grausamen, aber völlig unterschiedlichen Mordfällen, einer spektakulären Entführung und einem aufsehenerregenden Diebstahl mitreißen, inspirieren und zu Tränen rühren!

Empfinden Sie den nahezu unvorstellbaren Schmerz der Opfer und ihrer Angehörigen nach! Spüren Sie die schreiende Ungerechtigkeit, wenn der Täter in manchen Fällen nicht ermittelt werden kann oder wenn er am Ende ungeschoren davonkommt! Amüsieren Sie sich über einen außergewöhnlichen, bis heute unvergessenen Diebstahl! Versetzen Sie sich in die Lage der Beteiligten und staunen Sie darüber, wie die Realität selbst die ausgeprägteste Vorstellungskraft in den Schatten stellen kann!

WAHRE VERBRECHEN:
Der Podcast von Alexander Apeitos

Im True Crime-Podcast "Wahre Verbrechen" erzählt Alexander Apeitos, von "mysteriös" bis "unglaublich", alles was die Kriminalgeschichte hergibt. In jeder Folge widmet er sich neuen faszinierenden Fällen und nimmt seine Hörerschaft so, auf ein kriminelle Zeitreise mit. Obwohl Alex weder Journalist, Detektiv oder Forensiker ist, spürt man ihm seine Leidenschaft und Interesse für echte Kriminalfälle ab. Irgendwie kann er nicht die Finger von wahren Verbrechen lassen. Eine wachsende Zahl an begeisterten Zuhörern folgt ihm dabei. Reinhören lohnt sich!

Printed in Germany
by Amazon Distribution
GmbH, Leipzig

20391592R00098